KB157872

한국 희곡 명작선 110

지상의 모든 밤들

한국 희곡 명작선 110

지상의 모든 밤들

김낙형

평민사

김숙형

지상의 모든 밤들

등장인물

래경 : 서른 중반의 여자
은영 : 이십 중반의 여자
지연 : 이십 중반의 여자
소영 : 열아홉 살의 여자
승길 : 서른 초반의 남자
윤미 : 승길의 여자친구
진구 : 요양원 환자
사내1 : 마을 사람
사내2 : 마을 사람
개고기 : 성매매에 관련된 건달
건달 : 주류 배달트럭 운전수

때

현재

장소

서울 외곽 경기도 부근
야산 기슭에 자리 잡은 무허가 건물
실내는 커튼이 쳐져있고 오른쪽에 방이 한 칸 마련되어 있다.
뒤편으로 통하는 쪽문, 그리고 오른쪽 앞쪽에 바깥으로 통하는 문
프롤로그와 4장에선 이 건물의 뒤편, 즉 뒷벽이 보이게 된다.

0.

관객이 들어오면 산기슭의 녹슬고 허물어져가는 집을 본다.
컨테이너로 지어진 건물의 뒤편을 보게 되는 것이다.

사내2 (경찰복을 입고 들어와 집안을 살핀다. 그러나 작은 창문은 커튼이 쳐져 있고 쪽문은 굳게 닫혀 있다)

사내1 (파마머리를 가리키며) 머리가 이래서 누가 믿겠냐? 면도는? 그리구 이렇게 뒤로 돌아와서 뒷벽 잡고 이럴 거면 그 옷은 왜 빌려 입었냐 그 말이야.

사내2 작전 개시할까요?

사내1 넌 안 무섭냐? 니 마누라가? 난 안 무섭냐? 내 마누라가?

사내2 (쪽문을 두드린다)

사이.

사내2 공사는요?

사내1 다 끝났어. 왜?

사내2 그린벨트란 게 푼다만다 그럴 때 단속이 심하잖아요.

사내1 말들이 많지? 2층 올렸다구?

사내2 야, 여기서 보니까 모텔급이네. 요즘은 여관도 번쩍번쩍해야 손님이 꼬인다니까요. 참, 형수님이 이번에 저기 요양원에 샐러드 파티를 열어준다면서요? 부녀회가 뭔지 봄바람에 살랑 살랑… 우린 완전히 꼬붕이라니까요.

사내1 남자들의 적이 누구냐? 여자다. 여자들의 적은 누구냐? 여자다. 그래서 우리는 여기 와 있는 거다.

이때 몰래 창문 커튼이 열리며 소영의 앳된 얼굴이 나타난다.

사내2 (쪽문을 두드리며) 죄송하지만, 서에서 나왔습니다.

커튼이 천천히 닫힌다.

사내2 혹시 얘네들… 설마 그건 아니겠죠?
사내1 어?
사내2 집단 자살요.
사내1 어?
사내2 여기 원래 주인이 사이비 교주 아닐까요?
사내1 그 사람은 여기 안 산다며.
사내2 그 조카란 놈이 대신 할 수도 있죠.
사내1 걔는 자원봉사 하잖아. 요양원에서.
사내2 속임수가 아닐까요?

사이.

사내1　몇 명이 왔다고 그랬지?

사내2　넷. 전부 아가씨래요. 형님 못 보셨어요?

사내1　엉? 두 명은 잠깐 봤어. 우리 집 바깥 화장실에서.

사내2　뭔 주문 같은 거 안 외우던가요?

사내1　화장실 앞이라니까.

사내2　… 어땠어요?

사내1　엉?!

사내2　그 두 여자 얼굴이요.

사내1　슬슬 피해. 인사를 하는 건지 화장실 쓰려고 그냥 그러는 건지. 옷도 뭐가 좀 그래. 술집여자들 아닐까?… 아니면…

사내2　예?… 아, 그럼 어쩌죠?

사내1　동네 더러워지는 거지. 퉤.

사내2　어유, 하필 이 동네에 와서는 들쑤셔 놓냐구.

사내1　빨리 좀 어떻게 해봐, 임마!

사내2　여보세요! 문 여세요!

사내1　말루만? 지금 말이 통하냐?

사내2　(발로 힘껏 차려는데)

래경　(잠에 취한 듯 문을 연다)

사내2　(그 자세로 놀란다)

사이.

래경　(문을 닫는다. 잠그는 소리)

사내2	(털썩 쪼그리고 앉는다)··· 귀신인 줄 알았네.
사내1	저래도 되는 거냐? 사람을 봤으면··· 아 나 증말 화날려 그러네.
사내2	되게 기분 나쁘게 쳐다보네. 그죠? 형님 이 집 이거 확 밀어버리죠.
윤미	(한쪽 손에 나뭇가지, 한 손에 반찬 도시락) 안녕하세요? 무슨 일 있어요?
사내1	아가씨도 여기 살아요?
윤미	아, 가끔요.
사내2	여기랑 어떤 관계죠?
윤미	아, 여자친구요.
사내1	네 명 중에 누구요?
윤미	예?
사내2	(경례) 실례하겠습니다. 신분증 좀 확인하겠습니다.
윤미	(꺼내다가) 참, 먼저 보여주셔야 되는 거 아녜요?
사내2	경찰입니다.
윤미	그래두요.

사이.

사내1	뭐해?
사내2	거기까진 신경 못 썼어요. 어, 지갑을 깜박 놓고 왔습니다. 대신 이쪽은 우리 동네 요식업 조합 부회장이십니다.

윤미	예?
사내2	보여주시죠. 참고로 형수님께선 부녀회 회장님이십니다.
윤미	아, 예. 안녕하세요?
사내1	아, 예.
윤미	그거 축구화 아니에요?

사내들 서둘러 신발을 바꿔 신는다.

사내2	안에 계신 분들도 다 검문에 응해주십시오.
윤미	예?
사내2	참고로 저는 최영환 경장입니다.
윤미	예? (명찰을 가리키며 '이…') 그건 뭐예요? 머리하고 수염! 잠복근무하세요? 이, 춘, 택!
사내1	(나가며) 야, 임마 철수해라.
사내2	(명찰을 가리며) 하여튼 뭐하는 분들인지 꼭 알아야겠습니다.
윤미	아저씨야말로 뭐하는 분이세요?
사내2	이 동네에 사니까 그런 건 알 필요 없고…
윤미	예?
사내1	이렇게 나오는데 도와줄 필요 없어. 도와주지 마. 우선 철수.
사내2	아주 비협조적으로 나오는데 두고 봅시다.
윤미	? 저기요. (나뭇가지를 문틈에 넣어 너무나 쉽게 문고리를 연다. 도시락을 안에 놓고 뭔가를 발견한다. 야한 여자 망사 윗옷?)

승길 (사진기를 들고 들어오다가 몰래 열린 쪽문을 닫는다) 어, 왔어?

윤미 누가 왔었어요?

승길 응?

윤미 술병이 많네?

승길 …

윤미 누가 왔었냐구요?

승길 … 어.

윤미 나 안 보고 싶었어요?

승길 … 왜, 보고 싶었지.

윤미 피 이번 주엔 오지 말라면서.

승길 … 아, 이번 주엔 자원 봉사자들이 많아졌어. 안 바빠?

윤미 문가에 반찬 뒀어. 냉장고에 넣을까?

승길 … 아냐, 내가 정리할게. 그만 갈까?

사이.

윤미 뭐, 볼일 보러 온 거 아냐?

승길 어. 괜찮아, 필름이 많이 남아있어.

윤미 빨래 찾으러 온 거 아냐?

승길 … 나 요양원 세탁기 쓰잖아.

윤미 누가 손으로 빤 빨래가 있을 수도 있지.

승길 무슨 소리야? 가자. 그렇잖아도 총무님이 기다리는 눈치
던데?

윤미   나 여기서 한 장 찍어줘.

승길   … 필름이 모자라.

윤미   아까는 많다며?

승길   그러네. 하나, 둘 하하하… 표정이 왜 그래?

문이 열리며 래경이 나온다.

사이.

고개인사, 티슈를 들고 나간다.

윤미   … 누구야?

승길   … 잘 몰라.

윤미   근데 왜 저기서 나와?

승길   고모부가… 맡겨 놓고 갔어. 다, 다시 가져 갈 거야. 짐들도.

윤미   뭐하는 사람들인데 다시 가져가?

승길   … 잘 몰라.

사이.

윤미   … 언제 왔어?

승길   4일 전에. 밤에.

윤미   고모부님은?

승길   갔어.

윤미   언제?

승길   그날.

사이.

윤미   그럼 4일 동안 같이 살았네?

승길   … 난 요양원에서 밤 샜어.

윤미   어쨌든 들락날락은 했을 거 아냐?

사이.

승길   내가 말해두 돼?

윤미   … (화를 누르며) 해 봐.

승길   전부 네 명이야.

윤미   … 왜 나까지 다섯이지. (속옷을 보이며) 또 자랑할 거 없어?

승길   끝까지 들어 봐.

윤미   놔! 소리 지를 거야!

승길   방금 나간 여자… 나랑 얘길 하고 싶어 해. 그 얘길 졸업 논문으로 쓰고 싶어서 그래.

윤미   그냥 여자들이랑 있는 게 좋고 그 앞에서 잘난 체 하려고 그랬다고 해.

승길   들어 봐.

윤미   내가 왜! 뭘! 내 눈으로 보고 다 들었는데 이걸로 끝난 거지, 뭘 더 알아서…!

승길	얼마 전에 자기가 죽으려고 자동차로 벽을 들이 받았대. 그래서 응급실에 실려 갔는데 아무 이상이 없었나봐. 몇 분 후 다시 무슨 생각에선지 거길 나와서 주머니에 카터 칼로 손목과 아랫배를 수차례 그어댄 거야.
윤미	… 뭐?
승길	병원에 한 달간 입원해 있었는데, 거기선 한 번의 자살시 도와 그 충격으로 인한 자해로 판명이 났어. 하지만 내 생 각은 달라. 사고가 나면 자신을 보호하려는 게 사람이야. 저 여잔 자기가 왜 그런 엄청난 짓을 했는지 그 사실을 나 한테 말하고 싶어 하는 거 같애.
윤미	나, 나두 자동차 갖구 왔어. 차에 칼도 있고. 이러려고 한 달 동안 여기서 지낸 거야?
승길	… 조금만 기다려줘. 곧 그 이유를 말해줄지 몰라.
윤미	오빠는 논문이 그렇게 중요해? 그리고 고모부는 뭐하는 분인데 넷씩이나… 뭐하는 분이냐구?
승길	목소리 좀 낮춰. 요즘은 나두 잘 몰라. 연락도 안 되구.
윤미	뭐?
승길	다들 자고 있어. 낮에는 잠만 자. 서로 인사도 안하고 지 내. 아까 봤지?

이때 소영 나온다.

소영	오셨어요? 처음 뵙겠습니다.

윤미   ?

승길   그냥 인사 정도는 해.

소영   그거 우리 걸렌데.

승길   어마야! (속옷을 버린다)

암전.

1.

몇 시간 뒤, 불 들어오면 망치질 소리.

무대가 전환되어 실내가 보인다.

양쪽 네 장의 커튼으로 구역을 나눴다.

뒤쪽 좌측엔 싱크대, 우측엔 승길의 방 입구가 보인다.

래경이 직육면체에 못질하는데 밖에서 들리는 톱질소리 등과 겹
친다.

전화벨.

래경   !… (바닥에 있던 유선전화를 받는다. 계속되는 전화벨)… 여보…?
        … 여보세? 소영아!

소영   (목소리) 놔둬, 우리 전화 아냐.

잠시 후 전화벨 끊긴다.

래경   뭐해?

소영   …

래경   (우측 냉장고 위에 놓인 승길의 무선 수화기를 집어 든다. 조용히 몰
        래 전화를 건다)… 여보세요, … 예, 저예요… 욕을 하고 그래

요?… 수정인요? 자요? 우리 자동차 할부금이 얼마나 남
았어요?… 예. 방세는요?… 예. 식사 거르지 말구요, 수정
이 좀… 여보세요?

일방적으로 끊긴.
잠시 후, 가방을 들고 나서려고 하는데.

은영 (목소리) 얘, 나 어디 화장실 갈 차례야? 요양원?
소영 (목소리) 독사년한테 가, 아래 여관집. 자도자도 끝이 없네.
은영 기분이 묘해. 어릴 때 반나절을 차를 타고 어딘가 다녀오
다가… 흙먼지가 폴폴 날리는데 낯선 도로에서 차가 고
장이 났어. 아빠랑 친구분들은 차를 손질하느라 분주했고
나는 어둠 속에서 서치라이트에 비친 하얀 길을 봤어. 그
길은 너무나 멀고 가늘게 뻗어 있어서… 손에 닿을 듯 말
듯… 자?

래경, 다시 가방을 제자리에 갖다 놓으러 간다.
이때 뒤에 쪽문을 열고 진구가 급히 들어온다.
싱크대에 소변을 보려고 하는데, 래경 커튼 뒤에서 나오다 마주
친다.

래경 꼼짝 말고 거기 있어요. 거기서 뭐하는 거예요?
진구 물, 물 찾으러. 이거 올리고 나서 얘기하면 안 될까요?

래경	꼼짝 마세요. 그게 물 찾는 행동이에요?
진구	물 찾다가, 물 버리려고.
래경	누구세요? 빨리 대답해요. 콱!
진구	저 요양원의 진군데요.

사이.

래경	요양원에서 내놨다는 그 유명한 진구가 그 진구씨에요?
진구	예, 접니다. 혹시 래경 누나 아니세요?
래경	… 절 어떻게 알아요?
진구	전 예쁜 여자는 한번만 봐도 기억에서 지워지지 않아요. 저쪽에 누워있는 거 봤어요. 계속 주무시기만 했잖아요.
소영	(속옷에 홑이불을 덮어쓰고 나온다)
진구	어!
소영	너 지금 여기서 뭐하는 거야? 어쭈 신발까지 신고 들어오셨네?
진구	(눈을 가리며) 아이, 그게 아니라 물, 물 찾으러…
래경	옷 좀 걸치고 다녀.
소영	너 어딜 훔쳐봐? 빨리 안 나가?
진구	(나가며) 뚱땡이…!
소영	뭐? 너 방금 뭐라 그랬어?
진구	아이, 누나라구. 뚱땡이 누나.
래경	쟨 왜 누나라고 그래?

소영	몰라. 쟤 머릿속을 누가 알겠어? 낑깡 언니도 쟨 완전히 포기래. (담배에 침을 바른 후 불로 구운 다음 피운다)
래경	이리로 와봐. (소영을 데리고 한쪽으로 간다)
래경	오늘 아침엔 분명히 눈앞에서 나방을 죽였거든. 배에서 툭하고 녹색 고름이 나와. 내가 이 손가락에 묻은 녹색 고름을 분명히 봤어. 휴지로 닦았고.
소영	왜 빨아먹지 그랬어?
래경	그 나방하고 이 못하고 자꾸 겹치는 거야. 몇 시간째 계속 그래. 그 나방 말야, 뭘 알고나 죽었을까? 내 손가락이 눌렀다는 것만 알지, 내가 그랬다는 건 모를 거야 그지? 소영아 고맙다. 내 얘길 끝까지 들어줘서.
소영	그게 뭐가 고마워?
래경	남의 얘길 들어준다는 건 고마운 거야.
소영	언니는 말 좀 해도 돼. 생각이 너무 많아.
래경	(망치질 후에) 소영아 너두 말 좀 해봐.
소영	응?
래경	언니랑 이렇게 둘이 있을 때, 둘만이 할 수 있는 얘기 같은 거.
소영	…
래경	오늘은 무슨 생각을 했고 기분은 어떤지 그런 얘기 있잖아.
소영	…
래경	우린 한 번도 그런 적 없어. 그렇지?

잠시.

소영   언니, 오늘 아침에 내가 준 거 있잖아 절대 비밀이다. (담배 건네며) 아무한테도 얘기해선 안 돼, 알았지? 언니, 못이 다 자빠져 자잖아. 이걸 한 번에 딱딱 못 하나?

소영, 망치질을 하고서.

소영   언니, 내가 하는 거 잘 보고 배웠지?
래경   어… 못 봤어.
소영   못을 왜 자꾸 봐, 망치질을 봐야지.
승길   (들어온다)
소영   (옷을 입으러 들어간다)
승길   (노트와 볼펜을 건네며) 어제 부탁한 거요. 절대 비밀로 할게요. 오늘까지 꼭 주세요. 쓰다보면 속이 후련해질 거예요. 팔은 좀 어때요? (자기 방으로 들어가려는데)
래경   저기요, 오늘 서울 가는 막차가 몇 시까지 있어요?
승길   아직 몇 대 더 있을걸요. 왜요?
래경   아니요…

승길 방으로 들어가고, 래경 다시 가방을 들고 나가려는데.

은영   (커튼 뒤에서 나오며) 언니… 가… 가고 싶으면 가… 난 입 다

물고 있을 테니까. 난 항상 언니 편이야. 어서 가. (이때, 소영 커튼 뒤에서 나오며)

소영 언니, 머리 좀 감아. 쪽팔리지도 않아?

래경 냄새 많이 나니?

소영 맡아봐.

은영 (래경 머리 냄새 맡고선) !!! 얼른 이리 와. 내가 감겨줄게. 샴푸 대신에 내가 새벽에 뜯어다 삶은 국화잎.

은영, 싱크대로 가서 래경의 머리를 감겨준다.

래경 추워.

은영 그럼 세수만.

소영 되게 쑥스러워 하네.

래경 간지러워. 다른 사람이 이래 주는 거 처음이야.

서로 물장난하며 즐거워한다.

은영 (널린 속옷으로 머릴 닦아주며) 맞아, 언니 혹시 속옷 남는 거 없어?

래경 응?… 레이스가 달려서 잘 안 닦일 걸?

은영 넌?

소영 말 했잖아. 난 둘 다 망사야.

은영 일단 골라보게 다 갖고 와봐.

소영	비싸게 준 건데 진짜 비싼 것들은 다 놓고 왔어.
래경	다들 그러네. 급하게 빠져나오느라 정신들이 있었겠어.
소영	(팬티를 갖고 와서 보인다) 좀 그렇지?
은영	얼굴 다 까지겠다.
소영	언니는 그거 가지고 물고기라도 잡으려고? 그물도 아니고.
래경	(가방을 갖고 와서 꺼낸다. 그러다가 보건증이 툭 바닥에 떨어진다. 조심스럽게 넣는다) 이걸루 걸레나 할까?
소영	좀!!… 보는 눈도 있는데. 그렇잖아도 우리 걸레 때문에 싸우더라고. 그래서 내가 버렸어.
은영	왜? 잘 안 닦인다고 싸웠어?
소영	(양말을 벗으며) 몰라, 그냥 이걸로 닦아.
래경	발꼬랑내 나잖아.
승길	(방에서 나온다) 정말 화목하네요. 집안이 온통 망치질 소리에 시끌벅적한 게 살 맛 나네요. (창문으로 뒤쪽을 내다보며) 진구씨 뭐하는 거예요?
진구	(목소리) 일해요. 나 찾으러 왔어요?
승길	하하하, 계속 노세요.
지연	(목소리) 안녕하세요?
승길	…
소영	저기요, 수건 좀 빌려주세요.
승길	아, 예. (건조대에서 걷어 갖다 준다. 나간다)
은영	근데 이거 뭐야?
래경	소영이가 도와줬어.

은영	응?
소영	몰라. 안 물어 봤는데.
래경	집이야.
소영	집?
래경	얘가 어디 갔지? 못 봤니?
둘	(고개 젓는다)
래경	해피! 해피! (찾으며 나간다)
은영	(육면체를 들어 돌려본다) ?
소영	(받아서 보니 한쪽 면에 매직으로 개구멍을 그려놓고 자르진 않았다) 저 언니 아무리 봐도 개그맨이야. 그지? 우리가 심심해 할 까봐 일부러 이러는 거야. 그지?
은영	그래도 얼마나 다행이야?
소영	언니 눈엔 이게 다행이야?
소영	혹시 이 안에 해피가 있는 거 아냐?
진구	(고개를 내밀고) 승길이 아저씨 나갔어요?
소영	응, 왜?
진구	갔대요.
지연	(들어온다) 야, 물 없냐?
소영	(나폴나폴 가서 좌측 싱크대를 연다)
지연	나 오늘부로 있지, 쟤 완존히 포기다.
은영	다 끝났어?
진구	(들어오며)… 저기, 가 볼게요.
지연	너 소풍 나왔냐? 쟤가 손만 대면 다 없어져 망치든 톱이

든. 너 마술사냐?

은영　그만 좀 해. 많이 힘들었죠?

소영　낑깡언니 대단하다. 언제 저런 기술을 다 배웠어?

지연　야 곰탱이 너 자꾸 낑깡 낑깡 그럴래?

은영　좀 들어와요. 마실 거 좀 뭐 없어?

소영　없어. 아무 것도.

지연　야, 우리 지금 뼈 빠지게 일하고 온 거 안 보이냐?

은영　진짜 아무것도 없네. 죄송해서 어떡해요?

진구　괜찮아요… 우리 거 떠다 줄까요?

소영　… 어쨌든 수고했어.

지연　너 삐졌냐? 삐졌지?

진구　… 아뇨. 조금요.

진구　(손에 검정 비닐을 소영에게 내민다)

소영　?

진구　(나가며) 뚱땡이!

지연　뭐야?

사이.

소영　…

지연　야 장난으로 그런 건데 진짜로 갖고 오면 어떡해! 나 완존
히 감동 먹는다. (김치를 손으로 꺼내 먹는다)

은영　또 시킨 거야?

지연	얘는. 자기가 좋아서 갖고 온 거야. 두 번밖에 더 되냐?
은영	화장실은?
지연	바닥만 하면 끝나.
은영	바닥?
지연	생각 중이야.
은영	… 뭘?
지연	너 화장실 만드는 게 쉬운 줄 아니? 바닥도 파야 되지, 변기도 사다 발라야지.
은영	그럼 아직 멀은 거야?
지연	그렇지.
은영	그럼 뭐가 뼈빠져?
지연	저 정도면 남자는 소변 봐도 돼.
은영	남자? 우리 중에 남자가 어딨어?
소영	(말없이 밥상을 들고 온다)
지연	야 이게 뭐냐. 콩나물에, 콩나물국에, 콩나물 밥. 음악시간이냐?
소영	언니 많이 먹고 키 크라구.
지연	뭐?
소영	자꾸 나한테 그러지 마. 쌀도 다 떨어지고, 감자 양파 아무 것도 없는데 내가 용빼는 재주가 있어, 뭐가 있어. 어떻게 여자 넷이서 사흘 만에 쌀 한 포대를 비울 수가 있냐. 거기다 라면 한 박스까지.
지연	너 갑자기 저기압이다.

은영   (머쓱 웃으며) 그러고 보니까 여기 와서 우리 밥만 먹었네.

소영   이것두 다 어렵게 어렵게 누룽지깡 해서 사온 거라구.

지연   어, 뭐?

은영   쟤 땜에 나 웃겨죽겠어, 누룽지깡이래. (배를 움켜쥔다)

지연   그게 뭐냐구?

소영   카드.

지연   뭐?

소영   현금 카드에 남은 거. 나 오천, 은영언니 팔천, 합쳐서 만 삼천 원. 만원 뽑은 거야. 따글따글 긁어서. 사람들 뒤에 서 있는데 카드 두 개로 만원 뽑아본 적 있어?

지연   뭐?

소영   아유, 몰라.

지연   (밥숟갈을 밥상에 내리친다) 넌 어른들 말을 뭘로 알아들어? 너 내가 뭐라 그랬어? 삼촌이 가면서 뭐라 그랬어? 여긴 그 린벨트 땅이고 가건물이니까 조용히 지내라고! 되도록 요 둘레에서만, 티 내지 말고 지내라고, 특히 소영이 너! 그리 구 필요한 거 있으면 요 아래 슈퍼에서 갖다 쓰라고 그랬 잖아.

소영   누가 우리한테 외상을 줘?

은영   소영아.

지연   넌 빠져. 이건 내 일이야. 삼촌이 자기 앞으로 달아놓으라 고 그랬잖아.

소영   여기 삼촌 이름 아는 사람 누가 있어?

지연	너 정말 몰라?
소영	엉, 몰라.
지연	애, 안 가르쳐 줬냐?
은영	나도 몰라. 누군데?
지연	아 증말… 이 길자 수자 아니냐, 엉.
은영	그건 옛날 삼촌 아냐?

사이.

소영	돼지 엄마가 삼촌보고 원숭이라고 부르는 건 들었어. 슈퍼 가서 원숭이가 보냈다니까 미친년 쳐다보듯 째려보고!
지연	그럼 이 집에 잠시 산다고 그러면 되잖아.
소영	여긴 불법이라며. 나 보고 조심하라면서 여기 산다고 애길 하라구?
지연	삼촌이 보냈다고 하믄 되잖아.
소영	그러니까 삼촌이 누군 줄 어떻게 설명하냐구?
지연	여기 주인.
소영	그러니까, 누구?
지연	너 삼촌 몰라?
소영	알아.
지연	근데 왜 물어봐?
소영	뭘?
지연	너 정말 내 말 뜻을 몰라서 나 돌게 만드는 거야?

소영	언니, 언니랑은 대화가 안 돼. 언니 , 나 오늘 기분 아주 더러워.
은영	그만들 하구 먹어.
지연	야!
소영	… 왜?
지연	왜? 야 이년아 너 언제부터 나랑 맞먹었어? 너 기분 더러운 거랑 삼촌 얘기랑 무슨 상관이 있어?
소영	… 그게 아니…, 요 언니, 지금 제 기분이… (휙 일어나 밥그릇을 들고 싱크대로 간다)
지연	너 어디 가?!
소영	물 말아 먹을라구… 요.
은영	그러니까 애 말은 우리가 좀 더 조심하자는 얘기니까… 이웃들한테 피해 안 가게… 삼촌이 올 때까지… 금방 올 거야.
소영	(훌쩍인다)
지연	짜고 지랄이야 재수 없게. 맞을래?
소영	(수도꼭지를 만지며)… 물이 안 나오잖아, 씨… 나는 뭐 기분 나쁘면 안 돼, 요? 남들 앞에서 매일 웃어야 돼? 자기 기분 얘기하는 게 그렇게 나쁜 거야… 요? 씨…
지연	물 좀 없냐? 완존히 소금이다.
은영	소영아 다음부턴 너 식사당번 안 해도 되겠다.
지연	래경 언니는?
은영	(싱크대로 가며) 이상하네. 분명히 나왔는데.
지연	아직도 자?

소영　나갔어.

지연　뭐? 어디?

소영　몰라.

지연　(화를 누르며) 너 잘 감시하라고 그랬지?

소영　여기 와서는 좀 편하게 지내자.

지연　너 되게 웃긴다. 누가 불편하게 지내래?

은영　해피 찾으러 갔어. 너 혹시 뒤에서 못 봤냐?

지연　몰라. 내 슬리퍼 다 물어뜯어 놨어. 개새끼는 왜 데리고 온 거야 귀찮게. 짜증나.

소영　김치 맛있어? 저쪽 냉장고엔 먹을 게 꽉 찼는데.

은영　너…

사이.

지연　래경 언니 말야…

소영　문이 열려 있길래 그냥 봤어.

지연　내 생각엔 아무래도…

소영　방두 이쁘게 꾸며놨어. 정말 아늑하다. (윤미의 냉장고를 살짝 열며) 와, 정말 많다.

은영　너…

지연　너 쌍년 머리털 다 뽑히고 닫을래, 닫고 나서 뽑힐래? 이리 안 와?

소영　저 방에 온 언니는 화장 안 해도 이뻐. 아무도 간섭하는 사람도 없고. 나두 저 언니처럼 살 거야. 두고 봐.

은영 …

지연 … (서로 쳐다본다)

이때, 문을 열고 윤미가 바쁘게 들어선다. 신발들이 어지럽다
방으로 들어가다가 바닥에 무선 전화기를 밟는다.

윤미 아야. (전화기를 들고 셋을 쳐다본다)

셋 …?

윤미 식사 중인가 봐요.

은영 같이 드실래요?

지연 (상 밑으로 은영을 발가락으로 꼬집고 밥상을 가린다)

윤미 전 먹고 왔어요. (사진기를 들고 나오며 방문을 닫는다) 저희 수
        건 쓰셨어요?

지연 우린 남의 물건 손 안 대요.

윤미 쓰셔도 돼요. 근데 발은 닦지 마세요. 죄송해요 제가 바빠
        서. 그럼. (나가려는데)

은영 저기요. 많이 바빠요?

윤미 예?

은영 음악 좀 틀어주고 가면 안 될까요? 애가 너무 좋아하거
        든요.

소영 언니.

윤미 아저씨가 밤에 늘 듣던 거요.

윤미	죄송해요. 오늘 퇴원하는 환자가 있어서. (나가는데)
은영	저기요.
둘	?
은영	혹시 저희 언니 못 보셨어요?
윤미	아직 안 왔어요? 방금 전에 저희 총무님이랑 말씀 나누다가 갔는데?
은영	거길요?
지연	무슨 얘기요?
윤미	예?
지연	아뇨, 혹시 총무님이 상담도 하세요?
윤미	예?
지연	의사냐구요.
윤미	그건 잘 모르겠네요. 그럼. (나간다)
지연	야, 늬들 많이 친해졌다?
소영	사실 고맙긴 한데, 우릴 어떻게 생각하는지 좀 걱정이야.
은영	우리가 어디가 어때서?
지연	내 말 잘 들어. 앞으로 식기들 잘 소독해. 물병도 따로 챙기구. 래경 언니 껀 따로 해서 두라 그래.
은영	응?
지연	내 통박이 정확해. 래경 언니 분명히… 내가 전에 말했지? 내가 계속 지켜봤거든.

사이.

은영 (화가 치밀지만) 넌 꼭 이상한 분위기로 몰아가니, 정말 이상해 너.

지연 언니가 가게에서 우리한테 무슨 지랄을 쳤는지 몰라서 편드는 거야?

은영 … 삼촌이 새로 오고 나선 안 그랬잖아.

지연 지가 오갈 데가 없으니까 그렇지. 왜, 그때쯤에 병 걸렸거든. 그래봤자, 그게 채 석 달도 안 돼. 맞지?

소영 래경 언니가 무슨 짓 했어?

지연 넌 몰라도 돼. 나 2년, 쟤 3년 얼마나 못 되게 시달렸는지. 우리까지 돼지면 너 책임질 거야? 다 전염돼서 다 잘라내고 다 쑤셔서 긁어내야 돼, 병신아. 이게 감싼다고 해결될 일이야?

소영 봉고차 타고 실려 올 때 한 시간 반 동안 오바이트를 꾸역꾸역 열 번이나 더했어.

지연 (일어나 래경의 공간에서 가방을 꺼낸다) … 소영아, 니가 찾아봐.

소영 … (밥을 씹으며) 난 싫어, 난 무서워.

지연 이건 있지, 우리보다 언니를 위해서도 필요해.

은영 … 이러면 언니가 갈 데가 어디 있어?

지연 그게 무슨 상관이야? (뒤지려는데)

은영 쪽팔리게 왜 그러냐 너? 그렇게 언니를 생각했으면 직접 물어보는 게 예의지. 우리가 그 정도로 몰상식한 삽자루들이었냐? 찍 열었다가, 다 뒤져서 봤다 치자, 거기에 아무 이상 없다고 써있으면 어떡할 거야? 그냥 찍 닫으면

33

돼? 자크는 닫혀도 니 마음까지 닫히겠냐? 자크에 씹히기 전에 갖다 두자. (지연이 가방을 낚아채려 하자 움켜쥐며) 누구든 넘어서는 안 될 선이 있잖아.

지연 입 닥치고 니 걱정이나 하고 있어. 오죽했으면… (하복부) 여길 세 번씩이나 그어 댔겠냐? 여기가 뭘 의미하겠냐?

이때 밖에서.

래경 (목소리) 정말 고맙습니다. 그럼 수고하세요.

지연 (가방을 갖다 두며) 나두 내 생각만 하고 살 테니까…

래경 들어온다. 다들 재빨리 제자리.

래경 … 나 기다린 거야?

은영 … 응.

사이.

래경 여기 이름이 뭔지 가르쳐줄까?

은영 … 응?

래경 비루개야. 밤에 별이 많이 보인다는 뜻이래.

소영 누구야?

래경 응?

소영	(문 밖을 가리킨다)
래경	아냐…
소영	아는 사람도 있어?
래경	…
소영	혼자 얘기한 거야?
래경	(국을 한 술 떠먹으며) 개운하네.
지연	(숟가락을 소리 나게 내려놓고 자기 국그릇을 냄비에 붓는다)
은영	야…
래경	(냄비의 국을 자기 그릇에 붓다 말고) 왜들 안 먹어?
은영	… 응, 먹어.
래경	… (숟가락을 조심스럽게 내려놓는다)

사이.

소영	언니 맛있지?
은영	응, 맛있는데. (먹다 우왁!)
래경	(다시 수저를 든다)
지연	누가 여기서 언니가 제일 나이 많다는 거 모르는 사람 있어요? 좀 돌아다니지 좀 마. 나이가 많든 적든.
래경	…
지연	맘대로 개인 행동하지 말라구요, 그렇게 츄리닝 바람으로 쪽팔리지도 않아?
래경	미안…

지연　티내고 다니지 말라고, 이 동네 뜰 때까지는…

래경　… 응. (먹기 시작하는데 섭식행위가 자주 끊긴다)

은영　… 강아지는?

래경　(고개 젓는다)

은영　그래두 여기서처럼만 살았음 좋겠다.

소영　(휙 뒤돌아보며) 자꾸 뒤에서 누가 채갈까봐 겁나. 그런 기분
　　　이 들어.

지연　(담뱃갑을 집으며) 이건 사는 게 아니다.

래경　그래두 우린 잘 될 거야. 왜냐하면 우린 별이니까. 승길씨
　　　가 그렇게 말했어. (밥 먹기가 힘들어 보인다)

사이.

지연　(노려본다)

소영　벌써 어두워지네.

지연　(담배에 불붙인다)

천천히 암전.

2.

불 들어오면 다음날 같은 시각.

진구 방바닥에 귀를 대고 수도 파이프를 따라가며 찾고 있다.

싱크대 밑에서 멈추더니,

진구   (싱크대 문을 열고 소주병을 꺼내 단숨에 마신다)

윤미   전혀 감이 안 오네요. (창밖 숲을 내다본다) 진구씨 그죠?

진구   … 뭐가요?

윤미   너무 오래 잤다구요. 진구씨는요?

진구   … ? (머리를 긁는다)

윤미   다들 어디 갔어요? 뭐해요?

진구   … 잘 모르겠어요.

윤미   진구씨는요?

진구   ? … 저, 여기 있는데요.

윤미   예?

사이.

진구   … 죄송해요. 딱 한 잔 마셨는데 무슨 얘길 하는지 잘 모르
겠어요.

윤미	… 아, 예.
진구	… 저두 그럴 때가 있어요.
윤미	뭐가요?
진구	낮인지, 밤인지… 눈을 뜨면 여기가 어딘지… 저기가 어딘지…
윤미	산이 있어서 그런가? (방바닥에 흐트러진 이불들) 설마, 아침부터 일어난 건 아닐 테고. 어유, 스물네 시간 일주일 내도록 도배를 해놨네. 같이 살면서 좀 너무 한 거 같지 않아요?
승길	(방에서 나온다)
진구	… 예?
윤미	좀 너무 하다구요. 저기요, 진구씨가 보기엔 뭐하는 사람들 같아요?
진구	… 잘, 몰라요.
윤미	궁금한 적 없어요?
진구	…
승길	사실 나도 자세히는 몰라요. 짐짝 내려놓듯이 밤에 그러고 갔어요.
진철	… 누가요?
승길	우리 고모부가요.
윤미	고모부란 사람 별명이 뭔지 알아요? 원숭이래요. 닮았죠?
승길	예전에 수유리에서 호프집을 했었거든요. 진구씨도 잠깐 봤죠?
진철	아, 예…그럼요. 그때 내가 짐 날라줬는데.

승길	누구 짐을?
진철	뚱땡이 누나요. 누나들 얘기하는 거 맞죠?
승길	증말… 우리 고모부 말예요.
진철	아, 맞다 고모부, 털 많이 난 사람.
승길	그 사람은 봉고차 운전사구.
진철	으휴, 딱 두 잔 마셨는데…
승길	근데, 여기서 너무 자주 뵙는 거 아녜요? 나 혼자 있을 땐 한 번도 온 적 없죠?
진구	… (긁적긁적)
승길	커피 한 잔 마시자.
진구	아직 안 나와요.
윤미	(커튼을 젖히며) 답답해. 집안도 좁은데, 한 마디 상의도 없이 자기들 맘대로 달구. (이불들을 마저 개며) 여기 와서도 자원봉사하게 생겼네.

잠시. 이불들을 들출 때마다 빈 술병과 작은 약병들이 보인다.

승길	이상하네. 이거 진구씨가 손대서 고장 난 거 아녜요?
진구	누굴 바보로 아세요?
윤미	완전히 약국을 차렸네. 오빠 이 사람들 약만 먹고 사나봐. 술 말아서.
승길	벌써 이틀쨴데 안 올라가도 돼?
윤미	진통젠가? 전부 짝퉁 같애.

승길	그냥 놔둬. 안 가도 되냐구?
윤미	안 가. 이 사람들 가기 전까진. 아니, 뭐하는 사람들인지 내가 알아야겠어.
소영	(물 양동이를 들고 후다닥 등장, 벌컥 마신다) … 언니, 언니…
진구	(내다본다)
소영	부처님 얼굴이 원래 그렇게 무섭게 생겼어요?
윤미	… 예?
소영	약수터에서 물을 뜨는데 그 위에 작은 절 하나 있잖아요. 촛불이 켜있길래 문을 살짝 열어봤더니 부처님이 딱 째려보면서 이놈 그러잖아요. 놀라서 문도 안 닫고 줄행랑 깠어요.
윤미	… 예?
소영	계속 뒤에서 부르는 거 있죠. 누가 막 부르는 거 같아요.
진구	… 히히, 누나가 맘에 드나 부다. 머리 깎고 중 되라고.
소영	뭐? 이게 죽을라구. 너 얼마나 무서웠는지 알아?
윤미	저기, 진구씬 몇 살이야?
진구	… 스물셋요.
윤미	소영씬?
소영	… 왜요?
윤미	자꾸 누나라 그러잖아요.
소영	… 먹을 만큼 먹었는데요. 정신 연령은 재보다 높아요.

사이.

진구	뚱땡이! (나간다)
소영	뭐? 저게! 통통하고 보기 좋구만.
승길	그러게. 보기 좋구만…
은영	(티슈를 들고 들어오며) 야 곰탱이, 너 왜 들은 척도 안 해? 내가 부르는 소리 못 들었어?
소영	… 뭐야, 언니였어?
은영	(무르팍을 걷어 상처를 티슈로 닦는다)
승길	… 많이 다쳤네?
소영	왜 그래? 정말 놀랬어?
승길	(주머니에서 빨간약을 꺼내 발라준다) 이거 소독해야 되요.
은영	윤미씨 그 사람들 누구예요?
윤미	… 예?
은영	총무님이랑 같이 있던데. 뭐하는 사람들예요?
승길	요양원 운영 위원회요? 이 마을 분들 아네요?
은영	알고 싶지도 않아요, 쳐다보기도 싫구요!
소영	왜?
은영	사람들 발자국 소리가 크게 들리다가 불이 꺼졌어요. 다시 켜지구. 화장실에 사람이 있는 걸 알면서 일부러 불을 켰다 껐다 하잖아요. 얼마나 놀랬는데요. 제가 안에서 노크를 계속했어요, 사람 있으니까 불 좀 켜달라구… 너무 무서워서요…
소영	설마.
은영	들어갈 때도 계속 기분 나쁘게 쳐다보더니, 놀라서 나오

니까 '물은 내렸어요?' 그중에 어떤 여자가 그러더라구.

윤미 … 예?

소영 바보같이, 대들지 그랬어?

은영 눈물이 자꾸 나오려고 그러잖아. 앞에 누가 누군지 잘 보
이지도 않는데 어떤 남자가 또 '왜 그렇게 오래 걸려요?'
휴지를 꼭 쥐고 있는데 자꾸 손에서 미끄러질라 그래…
또 다시 어떤 여자가 '왜 사람을 보면 인사를 안 해?' 바로
누가 '어디서들 왔어?' 막 반말을 해대잖아…

소영 독사 그년두 같이 있었지?

은영 잘 몰라.

소영 독사 그년이 독이 오를 대로 올랐구나.

윤미 독사?

소영 요 밑에 집요. 여관집 쌍년! 계속 감시하는 거 있죠! 그년
두 운영위원횐가 맞죠? 침 벅벅 흘리는 똥개새끼들까지
풀어놔요! (엉덩이를 드밀며) 나두 한 방 물렸다니까요. 아저
씬 그런 적 없어요?

윤미 … 예? 아뇨. 전… 저랑 한 번 같이 가 볼래요?

소영 … 어딜요?

승길 앞집에요.

소영 싫어요.

승길 얘길 해보자구요. 저두 가기 전에 인사도 드릴 겸요.

소영 어딜 가는데요?

승길 요 앞집요.

소영	말구 아저씨요.
승길	… 아, 그건… 아니에요. 있다가 말할게요.

사이.

소영	(은영에게) 언니 가볼까?
승길	잠깐 있어.
소영	내가 대표로 왔다 그러구 얘길 좀 잘 해 보면 되잖아.
윤미	싫어.
소영	서로 동등하게 같은 대표로서 말야. 가슴 대 가슴으로. 내가 가슴은 안 꿀려.
은영	또 꼬치꼬치 캐물으면?
소영	아저씨, 가요.
승길	이거 좀 요양원에 갖다 둬.
윤미	뭐?

셋 나간다.

은영	(자기 자리에 누우려는데)
진철	(들어오며) … 누가 아파요?
은영	… 예?
진구	(주머니에서 주사기를 꺼내 바닥에 두며) 뒤에서… 쓰레기 봉지에서…

은영	(받아서 본 다음 감추며 사탕을 준다)
진구	(또 하나를 꺼낸다) 이게 다예요.
은영	(또 사탕 주며) 아무한테도 말하지 말아요. 래경 언니가 많이 아파요.
진구	(끄덕) … 해피가 돌아오지 않아서 많이 아픈가 봐요.

사이.

은영	진구씨도 빨리 나으세요. 집으로 돌아가야죠.
진구	여기가 놀기엔 더 좋아요.
은영	다 돌아갈 거예요. 여긴 잠시 머무는 거구요.
진구	… 언제요?
은영	…
진구	(긁적긁적) 어디가 고장났는지 통… 으휴…
은영	그래두 고마워요.
지연	(멋을 부리고 손에 쇼핑백을 들고 나타난다)
진구	수도 파이프가요 이리 갔다가 이렇게 돌아서… 이렇게 이렇게… 으휴… 복잡해서요.
지연	어이, 누가 너보고 보일라 고치라 그랬냐?
은영	어, 언제 왔어?
지연	너 안 다쳤어? 맨땅에 다이빙 하더라.
은영	봤어?
지연	봤지. 아직 해가 남아 있는데. 이 뒤로 넘어오는데 경치가

봐 줄만 해. 오늘은 근처에 웬 꼰대들이 그렇게 꼬였냐?

은영   그래서 일부러 돌아서 온 거야?

지연   그것도 그렇고, 꼴 보기 싫은 인간이 꼴사납게 쳐다보잖아. 꼴사납게 그러면 꼬락서니 없는 내가 피해야지 어떡하냐.

은영   … 누구?

지연   누구긴 누구겠냐? 니가 애지중지하는 애 엄마지.

은영   … 애 엄마?

지연   (연예인 브로마이드를 벽에 붙이며) 조수, 이 언니 사진 어떠냐?

진구   야…!

지연   이 언니 좀만 기다려라. 완존히 뜬다. (춤 모션. 은영에게) 너무 고민하지 마.

은영   … 응.

지연   고민 좀 해. 너같이 이쁘고 머리 나쁜 애는 많이 해도 돼.

은영   …

지연   조수, 뭐하냐? 벽에다 붙여 봐. (은영에게) 고민 좀 그만해. 머리에서 연기 난다.

은영   … 누, 누구 만났어?

지연   왜? 누구 만나면 안 되는 사람 있어?

은영   … 아냐.

사이.

지연   다 알고 왔어.

은영   뭘?

지연   너 되게 웃긴다. 아직도 머리가 안 돌아가니? 내가 어딜 다녀왔겠냐? 너 알고 있잖아. 말해봐. (물 양동이를 부을 듯 든다) 대답해라. 2초, 3초, 4초, 5초, 6초, …

은영   … 나 지금 그럴 기분 아냐.

지연   9초, 10초, 11초, 12초, 13초, 14초, 15초…

은영   그만해.

지연   다시, 1초, 2초, 3초, 4초, 5초, 6초, 7초, 8초…

은영   … 그만해. 지금 누구 흉내 내냐? 싫어.

지연   바로 맞췄어. 그 누구 좀 만났다. (물을 마신다) 바로 그 개고기야. 그 개고기가 누구냐? 나 2년 전에 처음 너 만났을 때, 너랑 죽이 맞아서 너랑 멀리 캐나다에 가자 그랬을 때 그 개고기가 날 붙잡고는 무슨 작당을 꾸몄냐면서 불래. 그러면서 정확하게 만 팔백 초를 세더라. (옆구리에 상처를 보이며) 알지? 나 만 팔백 초 만에 가수 접었다.

은영   그 후론 다신 본 적 없잖아. 너 봤어? … 그 사람 왜 만났어?

지연   그 사람이 뭐냐, 형부한테. 나 래경 언니가 그 개고기랑 한 지붕에 사는지 오늘 처음 알았다. 너 왜 나한테 그 얘기 안 했어? 숨기고 있는 거 다 말해. 왜들 숨기고들 지랄이야?

은영   … 때린데. 몽둥이로.

지연   … 맞을 만 했겠지. 지 후배들을 꼬질러 바쳤으니 그래도 싸지. 또?

은영 요즘은 애한테 전화도 못 하게 한대.

지연 웬 줄 알아?

은영 … 돈을 못 벌어다 주니까.

지연 그 병신 새끼, 지 마누라란 여자가 왜 그랬는지는 관심도 없고 진단서를 다시 끊어달라고 요즘도 병원엘 와서 행패를 부린대. 병신, 한 푼이라도 더 뜯어내려구.

은영 거길 갔었어?

지연 그럼 내가 정말 그 새낄 만났겠어? 나? 내 몸뚱아리가 걱정돼서 갔다. 가서 1차 진단서 보고 확신이 섰던 건, 래경 언니… 내 느낌이 정확하다는 거야. 분명해.

은영 … 아닐 거야. 그보단 애가 크면서 자기를 싫어하게 될까 봐 그게 걱정 돼서 그랬을 거야. 넌 한 번도 그런 생각 안 해 봤냐?

지연 (담배 물며) … 그만해라! 내 짐작대로가 맞아. 그게 이유의 다야. 끝. 으유 추워. 씨발 바람이 이렇게 불어?

은영 … 그날 언니가 좀 이상했어. 일 끝나고 피곤해서 자는데… 언니가 그날은 쉬는 날이잖아. 몰래 날 깨우더라구. 어디서 차를 끌고 온 거야. 그 언니 원래는 쉬는 날에도 가게에서 지내잖아.

지연 이런… 씨… 그놈의 언니… 언니… 오늘부터 내 앞에서 꺼내지도 마.

은영 언니 옷깃이 내 얼굴에 닿는데 차갑고 시원한 바람이 닿

는 거 같았어. 정말 그런 기분은 처음이었어. 멀리서 묻어
오는 바람 냄새. 난 언니가 운전 하는지도 몰랐어. 우린 정
릉 새벽길을 한참 달리다가 삼청터널을 지났나봐. 얼마나
지났을까, 내가 깜빡 졸았던지 나를 흔들어 깨우는 거야.
내가 눈을 떴을 때 거짓말이 아니라 너무나 노란 눈이 내
리고 있었어. 수백 미터 곧게 뻗은 길에 샛노란 눈이 소복
소복 쌓여 있는 거야. 헤드라이트가 비치니까 정말 눈이
부실 정도야. 거긴 아무도 없었고 아무도 지나가질 않았
어. 난 속으로 낄낄대고 웃었어. 왜 웃고 있는진 몰랐지만
그대로 영원히 웃음이 나올 거 같았어. 언니가 문을 열고
내리더니 두 팔로 한 아름 은행잎을 안고 와. 앞좌석 바닥
에다 하나하나 정성스럽게 까는 거야. 그리곤 차에 타고
선 신발을 벗었어. 그리곤 속삭이듯 은영아 가을이다. 은
영아 가을이다. 이 한 마디가 내 귓속을 울리는 거야. 은영
아 여기가 언니가 나고 자란 데야. 이렇게 가까운데 얼마
만인 줄 아니? 아니. 맞춰봐. 몰라. 은영아 15년 만이야…
난 언니를 쳐다볼 수가 없어서 뒷좌석에 강아지를 만지는
척했어.

아마도 내 생각엔 애한테 선물하고 싶어서 샀겠지. 너무
늦은 시간이거나 남자가 깰까봐, 장사도 어렵고 돈이 없
으니까… 그냥 선물은 못하고 차를 끌고 나온 거겠지. 내
내 돌아오는 길에 무슨 말을 했는지 기억이 안 나. 어쩜 서
로 아무 말도 안 했는지도 몰라. 가게 앞에 도착하니까 언

니는 다시 은행잎을 하나하나 걷어내는 거야. 왜? 혼나. 그리고… 그 길로 차를 몰고… 그런 일을 저질러 버렸어.

지연 아무리 개 같은 인생이라도 넌… 내가 왜 이러는지 알아? 난 누구랑 얘기 하냐? 너랑 친군데 니가 이러면 난 누구랑 얘기 해? 나두 다 숨기고 혼자 그러고 싶은데… 잘 숨겨지지가 않아.

은영 사람들 좀 만나고 오지 그랬어.

지연 길에 널린 게 사람인데 다 스쳐가는 정거장이야. 연락 없었냐?

은영 아직.

승길 (들어온다)

지연 (꾸벅 인사)

승길 아, 예.

은영 소영인요?

승길 이러구 있어요. 별자리 찾는다고.

은영 데리고 올게. (나간다)

승길 (어색한 듯 들어가려는데)

지연 저기요 (선물을 건넨다)

승길 (받으며) 뭐예요?

지연 그냥… 손수건요. 계속 생각했어요. 제가 첫날 와서 술을 너무 많이 마셔서요. 아저씨 등에 업혀 들어와선 저 방에서 혼자 잤잖아요. 일어나니까 아저씨 손수건이 제 손에 있는데 오바이트가 찐하게 묻어서 못 드렸어요.

승길	그날 죄송했습니다. 나두 취해서 그만… 쓸데없는 얘길 많이 한 거 같아요.
지연	아, 아녜요.
승길	… 껴안은 거 사과드릴게요.
지연	그럴 수도 있죠. 나 아무나 얘기 많이 하고 껴안지 않아요.
승길	밖에 화장실… 그날 내 얘기 듣고 만든 거예요?
지연	아녜요. 저희들도 필요해서요. 아직 멀었지만, 급할 땐 쓰세요.
승길	고모부한텐 연락 안 왔대요?
지연	예.
승길	… 저희들 모레쯤 떠납니다.
지연	… 예. 혹시 이다음에 연락드려도 돼요?… 그냥요. 그냥 식사라두… 아, 여기서 신세도 졌고 해서.
윤미	(들어온다) 오빠, 뭐해? 총무님이 오래. 야, 어디 다녀왔나 봐요.
승길	그럼. (나간다)
지연	…

사이.

소영	(창문 너머 목소리) 저게 내 별자리야. 황소자리.
은영	(목소리) 야, 막 쏟아져 내린다.
소영	(목만 내놓고) 어, 언제 오셨어요? 오! 때깔 좋은데.
지연	때깔이 좋은 거냐. 옷걸이가 좋은 거지.

은영　지연아 나와봐. 너무 많아.

소영　그 언니 만났어?

지연　물 건너 좀 갔다 왔지. 물 건너는 역시 물이 좋더라. 찰랑 찰랑 물맛이 깔끔해.

소영　돈 좀 빌렸어?

지연　(쇼핑백을 들며) 빌리긴 용돈 좀 뜯어냈지. 그년 얼굴도 나보 다 한 수 아랜 게 다 뜯어고치고 나서 뜬 거 아니냐. 누구 는 왕년에 뒷골목에서 연탄재 안 던져봤냐.

소영　(은영과 들어오며) 무슨 소릴 하는 거야?

지연　그년 있지, 캐나다로 간대. 나랑 같이 가재.

소영　그 언니 영어 잘 해?

지연　몸뚱아리로 하면 돼. 거긴 경찰들도 우리말을 더 잘 한다 는데.

소영　왜? 우리나라가 그렇게 세졌어?

지연　왜긴 왜겠냐, 나 같은 애들 돈 뜯어내려면 지들이 배우는 거지.

소영　내가 부탁한 거 사왔어?

지연　뭐?

소영　… 그럼 됐어. 지금은 나 안 해.

은영　응? 무슨 소리야?

소영　두 달쨌데 괜찮아. 가끔 그럴 때가 있어.

은영　너 자주 그래?

지연　가끔 몸이 허약해지면 그럴 때가 있단다. 근데 넌 참 특이

체질이다.

소영   (잠시 후) 맞아, 난 특이해. 특별한 사람이야. 적어도 나한텐 그래. 너무 좋다. 먹을 거도 많이 사오구.

지연   많이 먹어라.

소영   언니들… 우리 그래두… 여기선 꼭 가족 같다 그지?

지연   미친년. (은영에게 붙으며) 이렇게 둘이?

소영   (끼어들며) 나두.

지연   이년아 징그러워.

소영   … (손을 쥔다)

지연   … (손을 뺀다)

소영   … 힘들었지?

지연   …

은영   소영아.

소영   … 왜 이렇게 많이 사왔어?

지연   (눈물이 핑 돈다. 물 양동이를 들고 쪽문으로 나가는데 무거워 보인다)

소영   (먹던 걸 멈추며) 내가 나갔다 올걸 그랬어. 축 쳐져 있잖아. 분명히 많이 마셨을 거야.

은영   독사 년은 뭐라 그래? 와서 보구 화장실 문제는 그때 결정하겠데.

은영   우리가 무슨 동물원 원숭인가? 되게 쟤네.

소영   우리 땜에 동네사람들 말들이 많은가 봐.

은영   며칠만 있으면 사라져 줄 텐데 왜들 지랄이야 지랄이? 오지 말라 그래!

래경	(손에 승길이 건네준 노트를 들고 들어온다. 취기가 도는지 한 번 휘청한다) 지연이 어디 있어?! 들어왔어?!
은영	응. 아까 봤다며?
래경	너희들도 여기다 써. 넌 3년 전부터, 소영인 석 달 전부터 그동안 우리가 무슨 일을 했고 무슨 일을 당했는지 다 써.

사이.

소영	왜? 동네 사람들이 다 써오래?
래경	일단 써.
은영	언니 취했어. 좀 쉬어.
래경	봐! 이건 언니가 며칠 동안 생각한 거야. 각자 혼자서 쓰기 창피하니까 여기다 다 같이 쓰는 거야.
소영	… 뭘?
래경	그리구 각자 집으로 가는 거야.
소영	무슨 소리야? 삼촌 안 기다려? 오면 같이 일하러 가지.
래경	삼촌은 안 와. 못 와. 경찰서로 가지 않아도 되니까, 여기서 써서 대신 누구한테 부탁하믄 돼. 그럼 빚두 다 없어지는 거야, 어서.
지연	(말없이 들어와 세탁한 팬티스타킹을 승길의 건조대에 넌다)
소영	(낮게 걱정에 찬) 언니, 지연언닌 건드리지 마.
래경	야, 너두 이리 와서 써.
은영	(짜증과 말리듯) 언니까지 오늘 왜 그래?

래경　넌 약속을 어겼어. 내 눈 똑바로 쳐다 봐. 다신 그런 일 안 하기로 약속한 거 아니니?

지연　아주머니 왜 그렇게 심각하세요? 내가 돈 벌어 온 게 그렇게 샘나서 그러세요? (노트를 낚아채서 한 장 보더니 찢는다) 이런 건 왜 쓰세요? 쓸 용기도 없으신 분이?

래경　(지연의 뺨을 때린다)

지연　너 많이 망가졌다. 맞을 만큼 맞아서 이젠 많이 때리기로 했니?

사이.

래경　… 미안해. 언니가 미안해. 난 니가… 속이 상해서 그래.

지연　(주먹을 뻗으려가) 더러워서 참는다. 니가 더러운 여자라서 참는다.

래경　(천천히 주저앉으며) 누가 나 좀 도와줘. 얘들아 언니 좀 도와줘…

은영　언니, 왜 그렇게 많이 마셨어?

지연　미친년아, 넌 눈깔 돌아간 게 안 보이냐? 저게 술이야, 뽕에 맛 간 거지. (소영에게) 너 한 번만 더 걸리면 그땐 주사기로 살 다 뽑는다.

래경　(싱크대에서 칼을 꺼내 손목에 댄다) … 나두 한 줄밖엔 못 썼어… 그러는 동안 너희들 생각 많이 했어.

지연　니 서방은 칼로 내 배때기 째고 너란 여자는 칼로 니 배때기 째고 니들 사시미 파냐?

래경 애들아, 너희는 나랑 달라. 누군가 도와준다면 너희들은 늦지 않았어.

지연 누가 아줌마처럼 병신같이 산대? 아줌마, 우리랑은 아무 상관없어요. 글구 우린 도움 같은 거 안 키워요. 우리가 찐따냐?

래경 칼은 찌르라구 있는 거야. 다 버리고 싶을 때. 칼은 짜르라고 있는 거야. 우리처럼 병신같이 살 때. 이렇게 하면 할 수 있어.

은영 언니…

지연 그어.

소영 언니…

지연 그어 보라구.

래경 팔을 쥔다. 칼이 떨어지고 은영과 소영이 래경을 덮친다.

지연 이런 병신같이… 이 병신아…

진구 (쪽문을 천천히 열며) 해피가… 해피가 죽었어요

암전.

55

3.

다음날 저녁,

전등이 켜지며 불 들어온다.

간단한 술상.

승길 (벌컥) 왜 이렇게들 안 오는 거야?

윤미 아니 무슨 야밤에 수도를 고친다고 저래? 그것도 술 마시
다 말고. 거봐, 됐다니까 몇 병 더 사오자고 우기더니 갔다
오니까 다 나가버렸잖아. 우리랑 어울리는 게 싫어서 그
런가?

승길 우릴 왜 싫어해?

윤미 그럼 혼자 신나서 입이 귀에 걸린 사람을 누가 싫어하겠
어? 좀 그만 마셔. 취하게 만들어서 다 털어놓게 만든다더
니 자기가 더 취했네. 노트는? 받았어?

승길 아니, 아직.

윤미 정말 쓸 거라고 생각해? 나라면 안 쓰겠는데? 그런 식으
로 도움을 받을 수 있다면 왜 그런 짓을 저질렀겠어?

승길 오늘도 얘길 많이 했어. 혼란스러웠지만.

윤미 그럼 뭘 해? 아직 뭘 하는 사람들인지도 모르는데. 이제
그만 하자. 난 다 맘에 안 들어. 이상한 눈으로 쳐다보는

이웃들도 싫고 저 사람들이랑 마음에도 없는 대화하는 것도 싫고 자기 욕심만 차리는 오빠두 보기 싫단 말야.

승길 내 욕심 아냐. 난 도와주고 싶어서 그래.

윤미 오빠는 우선 여자들 마음을 몰라도 한참 몰라.

승길 이 동네에서 아무도 뭐라 그러는 사람 없어. 왜들 자폐증처럼 스스로들 가두냔 말야. 이웃들한테 슬슬 피하기나 하고.

윤미 왜 그렇게 집착을 해? 저 사람들이 남자였으면 오빠가 이렇게까지 정성이겠어?

승길 당연하지.

윤미 그리고 어느 게 오빠 잔이야? 이렇게 막 섞여서 마시는 게 좋아? 오빠 잔 찾아 봐.

승길 이거네. (껴안으며) 다 해결할 수 있어. 그리고 내일 우린 가면 돼.

개고기 (창문을 노크한다)

윤미 누구세요?

승길 (창문에 꽂힌 젓가락을 뽑구 연다)

개고기 실례할까에? 말씀 좀 묻겠습니다. 막다른 골목이라서 차 돌릴 데 있습니까?

승길 아, 아래로 내려가면 공터가 있어요.

개고기 예. 여기 두 분 말고 다른 사람들은 안 삽니까?

승길 예?

개고기 여기 공기 좋네. 똥파리들이 살기엔 좀 아깝다. (사라진다)

승길	내가 딱 싫어하는 스타일이야. 이웃에 살까봐 겁난다.
윤미	왜, 통통하니 보기 좋구만. (빨래 건조대에서 스타킹을 걷으며) 사방에서 뱀처럼 스물스물 다가와.
은영	(밖에서 목소리) 너 그만 마셔.
윤미	나 괜히 이상한 생각만 들어.

옷을 털며 여럿 들어온다.

지연	(주춤. 커튼 뒤로 간다)
은영	(상에서 뚝 떨어져 앉는다)
소영	(손에 든 빈병을 비틀비틀 상으로 다가와 내려놓고 새 술병을 쥔다)
승길	(그런 손을 쥔다)
소영	… 어마. 언니랑 나눠 먹으려구요.
승길	이쪽으로 오세요.
소영	… 아, 예. 오래.
은영	… (고갯짓만 '예')
은영	(소영이 보게 방바닥에 뭐라고 쓴다)
소영	(승길을 쳐다보곤 웃는다) 푸하하하!
은영	(웃음)
소영	푸하하하하!
윤미	왜 웃어요?
승길	응? 웃기잖아.
윤미	예?

소영	이 언니가요, 아저씨 보구요 가까이서 보니까 이마가 더 까져 보인데요. (더 어색해져만 가는 자리)
윤미	(승길의 이마를 가리키며) 이 이마가 어때서요?
은영	아, 아뇨.
승길	(술상을 옮기며) 고모부가 특별히 부탁했는데… 잘 해드리지도 못하고…
은영	아, 아녜요. 저희들이 상의도 없이 커튼도 달고, 어지럽히기만 해서 죄송해요.
승길	보기 좋은데요 뭘. 그지?
윤미	응? 응. 누가 단 거예요?
은영	얘가요. 나중에 미용실 하면 그때 쓸려던 거래요.
승길	미장원요?
소영	우리 오빠가 섬유공장 다닐 때 직접 짠 거예요. 10년이믄 굉장한 기술자거든요. 눈 감고도 실이 어디서 엉켰는지 알아요. 근데 갑자기 섬유공장들이 다 문 닫고 없어졌어요. 우리 오빠 보여줄까요? (매직으로 八자수염 그리며) 요기다 머리만 꼬실 꼬실 하믄 똑 같아요. 부처님이랑 생긴 게 똑 같다니까요. 한 잔 주세요.
은영	죄송해요. 얘가 술만 보면 환장을 해서요.
윤미	예? 아녜요. 보기 좋은데요, 뭘. 다들 참 밝으신 거 같아요. 전 여기 와서 파김치가 되었거든요.
승길	제가… (소영에게 따러준다) (어색)
은영	어… 지연이 데려올게.

소영 (붙잡으며) 얘기 좀 해. 언니랑 동갑끼리.

윤미 저기, 소영씬 몇 살이에요?

은영 … 예?

윤미 솔직히 술 마시긴 어린 나이 아녜요?

승길 (사진기를 들어 은영을 찍는다)

은영 (놀란다) 사람 놀래게 사진 찍는 게 취미신가 봐요? 저기 요양원에서는 뭐하세요?

승길 별루요. 가끔씩 혼자 계시는 분들 팍팍 사진 찍어서 놀래키고, (화투 꺼내며) 꼬셔서 이걸루 돈 따먹고… 사실 세상엔 의외로 아픈 사람들이 많아요. 예를 들어 우울증이나 정신질환 같은… 진구씨 아시죠? 사실 그런 사람들한텐 약이 아니라 친구가 필요해요. 나랑 한 판 칠래요?

소영 언니, 언니 눈엔 이게 파티로 보여?

지연 … 두 분 잘 되기를 바래요, 꼭. 언젠가 저두 그런 병에 들면 아저씨한테 잘 부탁할게요. 여기선 저희들이 신세만 지고 해드린 게 없어서 죄송합니다. (술을 벌컥 비운 뒤 갑자기 노래와 율동을 한다. 중간에 멈추곤) … 아, 하하, 아 잘 안 되네.

소영 왜에?

지연 … 몰라.

윤미 나 가서 잘래. 불편해.

소영 한참 물올랐는데.

지연 … 해피가 자꾸 떠올라.

승길 조금만 기다려.

소영   언니 잘못도 아니잖아.

은영   … 저기.

윤미   예?

은영   (두 손으로 잔을 내민다)

윤미   …아, 예. (술을 따르려는데)

은영   아뇨, 제가…

윤미   … 전 괜찮아요. (따른다)

은영   (받고 술을 따르려 하자)

윤미   아, 아녜요. 제가 마실게요.

승길   … 받지 그랬어? (사진기로 찍는다. 그녀들 위축 든다)

은영   저기요 찍는 건 좋은데… 한 마디 물어보고 찍는 게 예의
         가 아닐까요?

윤미   … 그냥 기념이에요.

은영   기념인 줄 아는데 기분이 좀 그렇다구요. (쪽문을 두드리는 노
         크 소리)

윤미   누구세요?

진구   진군데요. 냄새 맡구 왔어요.

승길   진구씨 한 잔 해. 총무님 말로는 진구씨 많이 좋아졌데요.
         어제 수고 많았다면서?

진구   (애써 밝게) 어제요… 아, 바보같이… 쥐약을 먹었나 봐요.
         양지 바른 곳에 묻어줬어요. 많이들 놀랬죠?

은영   아무래도 누가 일부러 해피를 죽인 거 같애.

진구   (소영 수염을 만진다)

소영   (손 친다)

승길   무슨 소리예요?

지연   끈이 풀어져 있었어요. 사람 손이 아니면 절대 풀 수 없거든요.

진구   (소영의 얼굴을 보며) 누가 이랬어요?

은영   누가 그런 거예요?

소영   부처님이 그랬다, 왜?

진구   예?

승길   (동시에) 예?

은영   운영위원횐가 뭔가 그 중에 의심 가는 사람 없어요?

진구   … 으휴… 그만 좀 마셔요.

소영   … 너 빨리 가서 몇 병 더 사와. 아냐 짝으로 쫙 깔아.

지연   니들 나가서 싸워.

소영   야, 나가서 붙자. (술상 앞으로 쿡 쓰러진다)

승길   에이, 거긴 그럴만한 사람 없어요. 뭔가 착각하시는 거 아녜요? 이 동네 다 착하고 그분들 좋은 일 하는 사람들예요.

은영   뭐라구요? 정말 다 만나보고 그런 말 하는 거예요?

승길   뭐, 예.

은영   그럼 그 여러 명한테 둘러싸여서 만난 적은요? 나한테 한 짓을 보면 해피도 충분히 그럴 수 있어요.

사이.

밖에서 자동차 경적소리.

승길　끈이야 그냥 풀어질 수도 있죠.

은영　수돗물도 어쩌면 누가 일부러 잠갔을지도 몰라요.

승길　아니 누가요 왜요?

은영　그걸 어떻게 알아요? 무슨 맘먹고 그러는지 저희들도 알고 싶어요.

윤미　추측만 가지고 몰아가는 건 위험하지 않을까요? 누구든 만나보고 알아보는 건 어떨까요?

은영　사람한테는 느낌이라는 게 있어요.

윤미　그 느낌이라는 거 친해진 다음 알 수 있는 거 아녜요?

은영　제 말은… 그런 기분 들 때 있잖아요.

윤미　그것두요. 친해지기 전까진 그런 걸로 사람을 판단해선 안 되죠.

은영　그럼 윤미씨는 저희들 어떤 느낌으로 만나요? 아직 친해지지 않아서 아무런 느낌도 없이 지내세요? 아니면 저희한텐 어떤 기분도 들지 않아요?

사이.

윤미　그쪽들은요?

은영　사실 저희들은 두 분한테 정말 고마움을 느끼고 있어요.

윤미　전 사실 별루 관여하고 싶지 않아요.

은영	솔직해서 좋네요. 우리가 바라는 게 그거예요.
승길	여러분은 아직 여기 분들을 잘 모르잖아요.
은영	그 사람들도 우릴 몰라요.
승길	가끔씩 물이 안 나올 때도 있어요.
진구	술상 앞에서 싸우면 복 달아난대요… 우리 아빠가요…

또 한 번 자동차 경적 소리가 들린다.

래경	(이때 들어온다. 손에 해피를 감쌌던 천 조각) 여긴 비루개가 아니야. 취소하세요. 여긴 비루개가 아니라 빌어먹을 데예요. 두 분만 빼구요… 이 동네 똥개 새끼들이 해피 무덤을 다 파헤쳐 놨어요. 주인도 없는 똥개 새끼들이… 함부로 이빨을 들이밀고. 주인이라는 것들도 차를 들이밀고, 빵빵거리기만 하면서 사람을 겁주기만 하고… 승길씨 나랑 얘기 좀 해요… 머리가… 머리가 깨질 거 같아요.
지연	지금 그 정신에 무슨 얘길 하겠다는 거야? 우리 지금 중요한 얘기 하고 있어.
래경	나두 중요해! 너희들 같은 건 다 필요 없어!
승길	제가 잘 타일러 보겠습니다.
지연	같이 가봐.
승길	아뇨, 저 혼자면 됩니다. (윤미에게) 같이 놀고 있어.
은영	뭐라구요? 우릴 너무 어린애 취급하지 마세요.
승길	예?

은영	괜히 무시당하는 기분이라구요.

윤미   오빠 들어가지 마. 나랑 여기서 당장 나가. 이게 지금 뭐하는 거야?

승길   (방으로 들어가는데)

윤미   나 그냥 간다…

승길   나!… 오라 그래서 그냥 가는 거야! 나!… 아무 짓도 안 해. 긴장들 푸세요! 솔직히 누군 좋아서 이러는 줄 아세요? 저도 바빠요!

은영   우리한텐 신경 끄세요.

승길   … 댁들한텐 관심 없습니다! 알고 싶지도 않아요! (들어간다)

윤미   (나가려다 돌아와 겉옷을 드는데…)

진구   … 가지 마세요… 가지 말아요… 이 누나들… 나쁜 사람들 아네요… 알잖아요 누나… 혼자 가믄요…남은 사람들이 술 많이 마셔야 되요…

사이.

소영   (잠든 와중에 손을 뻗어 진구의 볼을 톡톡 만지며) 오빠… 나…배고파…

승길   (방안에서 목소리) 좀 괜찮아요? (음악을 튼다, 소리가 방안에 쓸쓸하게 떠다닌다)

진구   … 으휴… 이불 널어놨는데… (쪽문으로 나간다)

사이.

윤미   … 화를 내서… 죄송해요.

래경   (방안에서 목소리) 계속 그래요. 계속 자동차가 달려요, 내리
       지도 못하고… 나방들이 새카맣게 붙어서 떨어지지도 않
       아요. (잠시) 누가 뒤에서 자꾸 따라 왔다니까요.

은영   많이 아픈가 봐요 진구씨?

지연   넌 보믄 모르냐?

윤미   그래두 저번에 왔을 때보단 훨씬 좋아 보여요. 누굴 좋아
       해서 그런가?

지연   딴 건 다 집중력이 약한데… 얘한테는 세더라구요. 사실
       우린 들러리지 뭐.

윤미   말씀이 재밌네요.

은영   (브로마이드를 가리키며) 얜 저게 자기 사진이라고 우겨요. 저
       땐 무릎 쫙 펴고 찍었데요.

승길   (뒤쪽 방에서 나온다) 어. 아직 안 갔어? 잠깐 다녀올게.

윤미   이 시간에 어딜요?

승길   진통제랑 신경안정제. (우측 출입문 앞에서 신발 신으며)

지연   저희도 많은데요?

승길   … 이런 말 하긴 뭐하지만… 있다가 협조들 좀 부탁할게
       요. 지금 언니는…

지연   … 예?

승길   근데 팔은 어디서 치료한 거예요? 속이 다 곪았어요. (나간다)

소영	(비몽사몽 일어나 방 쪽에 마련된 자리에 가서 눕는다)
은영	소영인 음악을 좋아해요.
윤미	소영씬 취해서 저러지만 진구씬 자면서 저래요. 밤엔 병실 문을 밖에서 걸어 잠가야 돼요. (처음으로 모두의 얼굴을 훑어보곤) 실례되는 질문이지만, 언니들… 뭐하던 분들이세요?

사이.

지연	…
은영	왜요?
윤미	(애써 밝게) 다신 못 볼 수도 있는데, 궁금하잖아요.
진구	(들어오며) 으휴, 밖에 비 와요. (소영이 이동된 것을 보곤) 어, 옮기느라 힘들었겠어요.
지연	조수, 문 닫아라.
진구	잠깐만요.
지연	그리구 가. 문 잠그게.
진구	… (소영에게 이불을 덮어준다)

이때 창문에 개고기의 모습이 보인다. 실내를 살피다가 사라진다.

진구	… 딱 한 잔만요, 예?
지연	너 애교도 많이 늘었다?
은영	다음에 뵙게 되면… 그때 얘기 많이 해요.

윤미　… (잠시 후 끄덕)

지연　우리 어쩌면 1년 안에 캐나다로 뜰지 몰라요. 거기 가서 2, 3년 돈 벌면 여기 와서 옷 가게 낼 거거든요. 그때 한 번 오세요 꼭.

윤미　예.

진구　… 다 외국 나가요?

소영　(일어난다, 나가려는데)

지연　너 어디 가?

소영　… 오줌.

지연　쟨 안 가. 미용기술 배운데.

소영　나 어느 쪽으로 가?

이때 개고기 쓱 들어선다.

소영　…!

개고기　(안으로 들어가라는 손짓)

소영　… 누, 누구세요?

셋　(뒤돌아본다. 은영 지연 일어선다. 얼어붙는다)

개고기　여기 공기 좋네! 똥파리들이 살기엔 좀 아깝다. 그렇지 않냐?

윤미　신발 벗고 나가세요.

개고기　예. (신발을 벗더니 윤미한테 던진다) 1초, 2초, 3초, 4초, 5초, 6초, 7초 8초, 9초, 10초, 11초, 12초… (다른 쪽 신발을 벗는다)

은영	(서둘러 던진 신발을 갖다 준다)
개고기	원숭이 어디 있냐?
지연	여긴 없어요.
개고기	오라 그래.
은영	연락이 안 돼요.

사이.

개고기	어떡하냐? 나 수금하러 왔는데.
윤미	다음에 오세요.
개고기	너 누구냐? 나 누구냐? 몰라? 내가 한 달에 한 번씩 목욕하고 옷 갈아입고 개고길 먹거든. 그때가 언젠지 알아? 한 잔 따라 봐.
소영	(따르려 한다)
개고기	너 말구.
은영	(따르려 한다)
개고기	니들 내 취향 모르냐?
지연	(따르려는데)
개고기	(갑자기 허리를 껴안으며 얼굴을 부빈다) 넌 아쉽다. 좀 길었으면 몸 값 좀 뛸 텐데. (밀어내곤) 어이.
윤미	…?
개고기	넌 선불금 얼마냐? 얼마 받고 왔어? 한 바퀴 돌아봐.
소영	(몸을 돌리려는데)

개고기	누가 너더러 돌래? 넌 만원에 가져가래도 안 가져가. (약간 화) 너 같은 애들이 있으니까 원숭이 그 새끼가 망했지. 난 수금도 못하고 거지처럼 이게 뭐냐, 응? 목욕비에 개 값도 못 주고 오늘 외상했다, 평생 처음.
진구	(일어서더니 나간다)
은영	형부… 왜 이래요? 사람 놀래키고… 정말 오랜만이네…
개고기	응… 놀랬나?
은영	소영아, 뭐해? 형부 한 잔 따라 주지 않고.
소영	형부, 놀랬잖아요… 왜 사람 겁을 주고 그래요?
개고기	처제… 나 배고픈데… 밥 남은 거 있나?
지연	제가 노래라도 한 곡 불러드릴까요?

개고기 노랠 흥얼거리며 여자들과 춤추는가 싶더니.

개고기	(은영의 목을 깨물고는) 이상하지? 비 오는 날 약에 쩔면 말야, 몸이 무거워서 기분이 더러워지거든. 근데 이럴수록 여자가 더 땡겨. 힘이 없어 미치겠는데 더 꽂히는 거야. 내 기분 이해하겠어? (손가락으로 찍으며) 둘이서 나 좀 어떻게 달래주라.
은영	…
윤미	신고하겠어요!
개고기	(휴대폰 꺼내며) 해. 내가 말야 이 동네 짭새 소장을 좀 알거든. 강북서에 있을 때 내가 쁘락지를 했으니 의리가 오죽

하겠냐. 아무리 단속이 심한 개 같은 세상이라도 말야 선불금 만큼은 짭새들도 손 못 댄다. 치외법권, 그 말 아냐? 원숭이가 선불금 다 못 주고 니들을 땡겨 썼거든. 그건 알지? 주인이 잠수를 타면 그 조카들이 성의를 보여야 되는 거 아니냐? (휴대폰) 야, 밀어.

자동차 엔진소리 들린다. 점점 가까이.

지연   … 없어요.

개고기   왜?

지연   업소들 다 불경긴데요.

개고기   니들 남들 문 닫고 뜰 때도 남아서 했잖아. 그래서 니들 별명이 똥파리잖아. 똥파리들아.

지연   짭새들 떴을 때 다 놓구 왔어요. 반지, 목걸이 다.

개고기   (핸드폰) 스톱해라. 여기 와선 뭐했나 그 말이야. 술만 처먹고 살만 디룩디룩 찌웠구만. 그렇잖아도 똥값인데 니들 그런 몸뚱아리로 빌어먹고 살겠어! 너 와서 해 봐.

윤미   … 뭐, 뭘요?

개고기   나 춥다. 밖에서 많이 젖었다. 내가 먼저 벗을까?

은영   … 저희 이젠 손 뗐어요.

개고기   뭘?

은영   … 안 해요.

개고기   그래? 누구 마음대로?

은영	삼촌 오면 호프집에서 일 할 거예요.
개고기	2차도 나가고?
은영	안 해요.
개고기	해. 왜 안 해? 니들 좋아하잖아?
은영	… 힘들어서요.
개고기	젊은 니들이 뭐가 힘드냐? 주위에 교통정리 하는 우리가 힘들지.

사이.

윤미	(은영과 지연의 손을 끌며) 나가요. 뭐 저런 사람이 다 있어?
둘	(꿈쩍도 못 한다)
윤미	뭐해요, 가요.
개고기	가.
둘	…
지연	(애써 밝게) 저녁은요? 여기서 드세요.
개고기	더러운 밥은 먹기 싫은데? 그래도 고기 값은 해야지, 빨리 벗어라.
윤미	소리 지를 거예요!
개고기	질러. 동네 사람들 보는데서 같이 해. 하는 김에 떼거리로 게임비도 벌구 좋지.
윤미	진짜 불러요. (고함) 사람 살… 강도…
소영	(윤미의 입을 막는다)

개고기   (휴대폰) 와라.

헤드라이트 불빛이 실내를 자르듯 비추고 엔진소리 커진다.

지연   나랑 해요.
개고기   또?

이때, 방문이 열리며 래경이 보인다.

래경   수정 아빠…! 수정 아빠…! 왜 그러는 거예요? 여길 왜 왔
          냐구요?
개고기   (휴대폰) 세워. 방망이 갖구 와. (휴대폰을 촬영모드로 작동시켜 창
          문틀에 둔다)
은영   언니, 들어가.
개고기   다 앉아. (윤미와 래경을 제외하고 한쪽 무릎을 세우고 한쪽은 꿇은
          집창촌의 길들여진 자세로 앉는다) 너 일 안 하고 여기서 뭐하
          냐? 애 학원에 안 보내? 너처럼 키우고 싶어서 이러는
          거야?
래경   … 일 할 거예요.
개고기   그리구 너 병원에다 뭐라고 지껄였어? 사고는 실수로 난
          거고, 그 충격 때문에 정신이 없어서 칼로 그었다고 말하
          라 그랬지? 근데? (종이를 꺼내 건네며) 너 읽어.
래경   예?

개고기   읽어. 다 듣게.

래경   … 15년 동안 일해 온 직장이 없어지게 돼서 한 달 쉬게 되어 막막했습니다. 새로 사장님이 바뀌어서 부탁을 드렸고…

개고기   더 크게!

래경   다시 그 일을 하려는데 불경기라 벌이도 없고 몸이 쑤시고 하던 일이 싫어서 그날 따라 정신적으로 힘들었습니다. 평소에도 몸에 새까만 나방들이 수백 만 마리가 달라붙는…

개고기   너 또라이냐? 나방은 뭐고, 15년 동안 그렇게 산 게 자랑이냐? 이거 애한테 보여줄까? 차만 박살나고 병원비만 좆빠지게 나왔잖아 이년아. 그리고 꼬맸으면 됐지, 니가 정신과 치료는 왜 받아? (매고 온 쌕에서 매미 옷―업소용 흰 드레스을 꺼내며) 고맙지? 고마우면 열심히 일해서 성의를 보여야지. 일주일 안에 입금 시작해라. 그 안에 원숭이 못 찾으면 니들도 개 값에 넘긴다.

윤미   (뛰어 나가려는데)

이때 건달이 진철의 팔을 꺾고 쪽문으로 들어온다. 눌러 꿇어앉힌다.

건달   어이, 들 오랜만이야. 나 기억나? 내가 봉고차로 실어다 줬잖아.

개고기	야, 노가리 까지 말고 골라. 나중에 돈 달라고 보채지 말고.
소영	(진구에게 다가간다)
건달	(소영에게) 그… 쓰다 남은 거 없냐? 몇 살이냐?
개고기	넌 골라도 아줌마 스타일이냐? 요즘도 아줌마들 따라 다니냐?
건달	아, 증말…
개고기	남자 망신 니가 다 시켜 임마. 집에서 쉬지 뭣 하러 몸을 팔구 다니냐? 사내새끼가.

개고기 지연을 데리고 래경이 있는 방으로 가려는데.

지연	(팔을 빼며) 싫어요…
개고기	뭐?
지연	… 그냥 나 혼자랑요.
개고기	같은 선수들끼리 왜 그러냐? (건달에게) 선수 안 그래?

남자들 겉옷을 휙 벗는데.

소영	(혼자 킥킥거린다)
건달	너 왜 웃어?
소영	(또 키킥대다 멈춘다)
개고기	너 미쳤냐?
소영	(못 참고 키킥댄다)

건달   너 비웃냐?

소영   (킥킥대며) 선수들 그러니까… 웃기잖아요…

건달   기분 더럽네.

소영   (자신의 입을 막지만 웃음이 터진다)

건달   주둥이 단속 잘해라.

소영   (입을 막으며 더 크게) … 선수 그러니까…

건달   (무릎으로 배를 찬다)

소영   (꿈쩍 않고 웃는다)

건달   (또 가격한다)

소영   (아프지만 웃음이 나온다)

건달   형님 들어가 노세요. (나가며) 방망이를 깜빡 해서요.

개고기   (지연과 래경을 양쪽에 끼고 방으로 들어가 문 닫는다)

은영   너 괜찮니?

소영   (계속 웃으며) 언니 나 오줌보가 터졌나봐… 오줌이 줄줄 흘러 내려… (웃는 듯 울먹이는 듯) 언니… 나 배가 터졌나봐…

은영   (소영의 다리에 흘러내리는 피를 본다) 너 왜 이래?

소영   (그제서야 울먹이며) … 어… 어

진구   (불안하게 왔다 갔다)

소영   … 나 오빠한테 갈래… 나 우리 오빠한테 갈래…

암전.

76

4.

다음날 오후.

불 들어오면 첫 장과 같이 집의 뒷면이 보인다.

벽에 매니큐어나 립스틱으로 쓴 글자, 그림이 빼곡히 낙서되어 있다.

짓다만 화장실도 보이고 비가 그쳤는지 지붕에서 물방울이 듣는다.

승길 (무선 전화기) 예, 고모부 저 승길이에요. 어디서 뭐하고 계세요?… 여긴 그냥 다들 고모부만 기다리는 눈치라서요. 연락 좀 꼭 부탁드릴게요… 연락 주세요. (끊는다. 자신의 이삿짐을 싸며 나른다. 일이 손에 잡히지 않는 눈치다)

은영 (창문 커튼을 젖히고 창문을 연다) 비가 그쳤나 봐. 저거 물안개 맞지? 저렇게 많은 건 처음 봐. 어디로 가는 걸까…?

래경 (모습을 보인다. 창밖으로 손을 뻗어본다)

은영 잘 잤어? (귀밑머리를 넘겨주며) 괜찮아?

래경 은영아 집에 연락 자주 해라.

은영 …

래경 어머님은 아신다 그랬지?

은영 (끄덕)

사이.

은영   (애써 밝게) 언니 언제 또 드라이브 해야지. 우리 다 태우고
그래줄 수 있지?

이때 소영이 양손에 물 양동이를 들고 들어온다.

소영   (승길에게) 뭐하세요?

승길   … 아, 예.

소영   물 좀 드실래요?

승길   … 아, 아뇨. 난 괜찮아요.

소영   어젯밤에 한참 분위기 죽였는데 그죠?

은영   너 왜 이렇게 늦었어?

소영   언니 나 절했다. 백팔 배 하라 그러길래 했는데 이거 들고
내려오다가 다리 후달려서 뒈지는 줄 알았어. 이건 절하
는 게 힘든 게 아니라 숫자 세는 게 더 어려워. 난 내가 그
렇게 집중력이 약한 앤 줄 몰랐다. 한 이백 번은 더 한 거
같애… 으휴… (쪽문으로 들어간다)

물을 받으려는지 창문에서 은영 사라진다.

승길   그러니까… 왜 저한테 빨리 말하지 않았냐구요?

사이.

래경   사람들이 뭐라 그래요?

승길   … 예?

래경   … 우릴 욕하지 않아요?

승길   … 다른 사람들은 몰라요. 그리구 왜 욕을 하겠어요?

래경   전 말예요 15년 동안 별로 얌전치 못했어요. 가게에 있을 때도 저 아이들한테 몹쓸 짓을 많이 했어요.

승길   … 전 이제… 죄송합니다. (짐을 나르려는데)

래경   … 오늘 제 화장 어때요?

승길   예.

래경   이젠 절 쳐다보지도 않네요. 사람들은 마음이 약해지면… 마음이 약한 사람들은 환하게 빛나 보일 필요가 있어요. 그것이 나방의 날개일지라도… 난 얼마나 이 오랜 살덩어리를 참아왔는지 몰라요… 나두 이젠 누가 뒷바라질 해줬음 좋겠는데…

승길   (툭 쏘듯) 그쪽도 아직은 젊어요.

래경   정말 그렇게 보여요? 다행이네. 승길씨 이젠 말해줄래요? 제가 왜 두 번씩이나 숨을 끊으려고 했는지?

승길   (버럭) 그걸 제가 어떻게 알아요? 본인이 더 잘 알 거 아녜요.

래경   (고개를 젓는다)

승길   무슨 일을 해왔는지 말해 보세요. 직접 자기 입으로 말해 보라구요. 그래야 자기를 똑바로 보게 되고 용기가 생겨서 새롭게 살 수 있죠.

래경   …

승길   예?… 싫으면 말구.

래경   … 나는 내 자신이 누군지… 몰랐어요. 돌멩인지, 짐승인지, 가랑이를 벌리도록 만들어진 기계인지 난 아직도 몰라요. 난 태어나기도 전에 터져서 녹색고름을 흘리는 한마리 나방인지도 몰라요.

승길   지금이라도 늦지 않았어요. 저도 인터넷 다 뒤져봐서 자수기간이라는 거 알아요.

래경   전 상관없어요. 하지만 저 아이들… 승길씨가 도와줘야해요. 절 도와 주셨듯이 그렇게.

승길   그게 무슨 소용 있어요? 저 사실 사람이 어떡하면 두 번씩이나 죽으려고 하는지 그게 궁금했지 무슨 일을 했고, 누군지는 궁금하지도 않았어요. 지금 여기 문제는 경찰들이 알아서 할 일이지. 가서 직접 말 하라고 야단치세요.

래경   … (고개를 젓는다)

승길   도대체 왜요?

래경   … 저 아이들… 꿈이 있고 가족도 있어요.

승길   그러니까 그걸 위해서라도! 왜 가서 말 못해요?

잠시.

래경   우리도… 여자… 잖아요. 경찰들은 다…

잠시.

윤미   (이때 들어선다)

승길   혼자서 어딜 돌아다녀? 빨리 짐 싸.

래경   윤미씨, 차 좀 빌려 쓸 수 있을까?

잠시.

윤미   (웃으며) 죄송해요 언니. 어디가 고장 났는지 시동이 안 걸려서요.

래경   예. … 승길씨 부탁드려요. (창문에서 사라진다)

윤미   왜 그런 눈으로 쳐다봐?

승길   너 어젯밤에 정말 아무 일도 없었지?

윤미   (껴안는다)

소영   (안에서 목소리) 언니, 어디 가?

은영   (안에서 목소리) 언니, 금방 와. 밥 다 됐어.

윤미   나 있지 진심으로 싸우고 있어. 나 자신하고 말야.

승길   우린 충분히 했어. 차에다 이 원고들부터 실어.

윤미   (몸에서 떨어지며) 오빤 자기밖에 모르는 사람이야. 대학원 졸업이 그렇게 중요해?

승길   아니, 자기들이 괜찮다잖아. 다들 밝아 보이구, 너만 왜 그러냐구?

승길   난 더 이상은 불편해. 너 때문이라도 같이 있기 불편하다구.

윤미	뭐가?
승길	… 하여튼.
윤미	오빠가 어제 같이 있었으면 그런 말 안 할 거야.
승길	안 봐도 훤해. 그런 거 아냐?
윤미	오빠도 그런 데 가 봤어?
승길	뭐?
윤미	훤하다며?
승길	그런데 꼭 가봐야 아니? 남자들은 그냥 알아.
윤미	… 실망했어.
승길	그만해, 듣기 싫어! 나두 최선을 다했다구.
윤미	그 최선이 무슨 최선인데? 그게 진심이 아니라면 그걸 최선이라고 말할 수 있어? 오만이야.
승길	남을 돕겠다는데 그게 오만이야?
윤미	그래 그런 도움은 오만이야. 답답한 도움들보다 마음이 더 중요한 거야. 고모분 나빠. 이럴 바엔…
승길	웃기지 마. 내 앞에서 다신 고모부 얘긴 꺼내지 마, 나 화나기 전에 알겠어?

소영 문을 열고 나온다.

| 소영 | 삼촌은 나쁜 사람 아녜요. 그래두 우리한테 잘 해줬어요. … 그래서 기다리는 거예요. 밥 다 차렸는데… |
| 승길 | 저흰 됐어요. |

소영   언니는요?

잠시.

윤미   (소영을 보듬듯 들어간다)

승길   야…

승길 왔다 갔다 하는데 이웃 남자들 등장.

사내2   (성의 없이) 많이 기다렸습니까? 회의가 길어져서요.

사내1   다들 있나?

승길   저기요, 원래는 사모님이 온다고 했었거든요.

사내1   대신 왔어. 바빠서.

둘   (들어가려는데)

승길   잠시만요, 제가 먼저 물어 볼게요. (들어간다)

사내1   수상하지?

사내2   많이요. 이번에 꼬투리 잡으면 콱 다 쫓아 버려야 한다니까요. 저번처럼 혼자 토끼면 안 돼요? 근데 통조림이랑 쥐약 값은 누구한테 청구해야 돼요?

사내1   (지붕) 야, 전선들 많이 낡았다. 이 집 어느 전봇대지?

사내2   (벽에 글자) 이거, 누가 보면 유치원인 줄 알겠다. 형님 이게 글자예요, 송충이에요?

승길   죄송하지만 오늘은 안 되겠는데요?

사내2 하하하하 하하하… 왜요?

승길 며칠 후에… 그리구 독사년이… 사모님이 혼자 오셨음 하네요.

사내1 왜? 패게?

사내2 (눈빛이 달라지며) 형씨, 비켜!

사내1 지금 장난치는 줄 알아? 동네가 난리야! 이것 땜에 회의가 꼬박 세 시간을 넘겨.

사내2 (벽을 두드리며) 빨리 다 나오세요! 불이익을 당해도 책임 못집니다. 시민사회에서 뭐하는 행패야, 이게?

사내1 우리 마누라 쟤네들 다녀가면 변기에 올라타고 일 봐! 청소라도 한 번 해봤냐?

윤미 (나온다) 다음에 오세요. 지금 다 나가고 없어요.

사내2 아가씨 누구야? 어디서 왔어?

승길 제 여자 친굽니다. 저랑 같은 대학원에 다니구요.

사내2 그럼, 아가씨는 비키시구요, 우린 일 좀 봐야겠습니다.

윤미 아무도 없다고 했잖아요. 그리구 여긴 저희들도 살고 있습니다.

사내2 아니, 알 만한 사람들이 왜 그런 여자들하고 지내세요?

윤미 그런 여자들이라뇨?

사내2 술집 여자들인 거 몰라요? 어제 빵빵거리던 봉고차 술 배달 차던데. 새벽에 갈 때도 빵빵거리대. 동네 열 받게.

윤미 그런 여자들은 이 동네 살면 안 돼요?

사내1 아가씬 나나 얘가 술집에서 2차 뛰는 사람이라면 옆집에

같이 살겠어?

사이.

승길　2차 가거나 그러진 않을 거예요.

윤미　상관 안 하겠어요.

사내1　그래? 그럼 얘랑 나랑 몸 팔고, 그렇고 그런 사이라면?

윤미　예? 그래두요.

승길　윤미야… 말이 그렇다는 거지 두 분이 정말 그렇고 그러겠어?

사내1　좋아, 그럼 우리 둘이 요기다 텐트치고 살자.

사내2　엉? 나 남자 안 좋아해요.

사내1　야, 임마. 살라면 살아. 얘네들이 상관 하든 말든 이웃들이 뭐라 그러던 말던 같이 살 부비고 살면 되잖아.

윤미　뭘 잘못했냐구요? 뭐가 문제 되냐구요?

사내1　성병이라도 걸렸으면 어떡할 거야?

윤미　뭐요?

사내1　술집 여자들이면 보건증 같은 거 있을 거 아냐?

윤미　그런 거 못 봤어요.

사내2　없으면 더 문제네, 안 그래요?

윤미　설사 그런 일한다 쳐도 보건증은 댁 같은 남자들이 갖고 다녀야 하는 거 아녜요? 남자들이 문제없으면 그런 여자들도 다 정상일 거 아녜요.

소영	(창문) 이 안에 사람이 살고 있어요. 시민 사회가 뭔지 모르지만 여긴 사람이 살아요.
사내2	시민 사회는… 서로 소통하고… 서로 도와가면서…
소영	우린 도움 같은 거 바란 적 없어요.
사내2	너 이리 나와 봐.
사내1	야, 참아라. 폭력은 못 쓴다. 근데 말야 (화장실을 가리키며) 저런 거 막 지어도 되는 겁니까?
윤미	그럼 아저씨네 이층은요? 같은 그린벨트 아녜요?
사내1	야, 말루 안 되겠다.
사내2	요양원에 도와주시는 거 몰라?
윤미	여기도 그래요. 여기 놀러 와서 좋아진 환자들도 있어요.
사내2	야, 빠르네. 거기까지 발을 뻗었어? 동네 완전 개판이네. 니들 구멍장사 하지? 니들이 뒷구멍으로 돈 다 챙기지?
승길	뭐, 이 새끼가!

달려드는데 사내2가 팔을 꺾어 때려눕힌다.

사내2	좆도 없는 새끼가 밝히기는! (흥분과 스스로 겁먹으며)… 나 폭력은 안 쓰려고 그랬어. 알아? 니가 먼저 쳤어. (나가며) 형님 가요.
사내1	왜?
승길	이게 이 동네에 사는 방식이고, 이웃을 대하는 방식입니까?
사내2	쟤 피 나잖아요. 친구한테 연락해서 신원조회부터 들어가

죠. 여기 싹 다. (나간다)

승길   자, 더 때리세요. 전 좀 맞아야 되거든요. 그래야 정신을
차리거든요. 나도 시민사회에 살고 있고 시민사회가 더
이상 뭔지 모르겠고. 더 때리세요. 발로 차라구요.

사내1   … 두고 보자고. 야 임마 차 키 주고 가.

사내2   (목소리) 차에 꽂아 놨어요.

사내1   (목소리) 뭐?

윤미   (일으키며) 오빠 괜찮아? 다친 덴?

승길   … 미안하다. 맞아서.

소영   (안에서 목소리) 언니, 그만해… 그만하고 옷 입어.

윤미가 쪽문을 열면 반라의 은영이 손에 젓가락을 꼭 쥐고 있다.
눈이 젖어 있지만 분노로 가득 차 있다.
자신에 대한 분노일까, 입가엔 밥풀이 묻어있고 꿈쩍 않고 서 있다.

윤미   … 다 갔어요. 그만 진정해요. (문가의 은영을 끌고 안으로 들어
간다)

소영   고맙습니다… 고맙습니다.

승길   진짜 고마워하고 그래요? 원래 나 싸움 잘 하는데.

소영   알아요. (들어간다)

지연   (허겁지겁 들어오다 승길을 보고 나가려는데)

승길   지연씨 이리 오세요. 어디 다녀오나 봐요?

지연   … 아, 예.

승길	지연씨 가지 말아요. 더 이상 숨을 데도 없고 숨을 이유가 없잖아요.
지연	… (잠시 후) 래경 언니 안에 있어요?
승길	그럴 걸요, 왜요?
지연	래경 언니랑 비슷한 사람이 차를 몰고 가잖아요… 내가 불렀는데… 딴 사람인가 봐요.
승길	(불현듯) 윤미야 안에 래경씨 있니?
소영	(목소리) 나갔는데.
윤미	아니. 나갔다는데.
승길	키 좀 줘봐.
윤미	응? 왜? (차키를 건넨다)
소영	왜요?
승길	(뛰어나간다)
소영	언니 밥 먹어. 또 찾아와서 한바탕 했어. 어딜 갔다 온 거야?
지연	짜증나게, 그러니까 조심들 하라 그랬잖아.
소영	우리가 뭐 죄인인가?
지연	너 몇 살이야? 니 나인 죄야, 몰라?
소영	… 여기선 아무 일도 안 했잖아. 이젠 그런 일 안 하는데 내가 죄인이야?
지연	연락 없었냐?
소영	(끄덕)
은영	(래경이 지녔던 노트와 볼펜을 들고 나온다. 지연에게 내민다)

사이.

소영   … 나랑 언니는 썼어.

지연   (웃음) 소영아 있지, 넌 그러다 큰일 난다. 우린 괜찮아. 넌 소년원에 갔다 와야 돼. 그럼 너 미장원도 못 해. 손님이 오겠어?

소영   나 하기 나름이야. 생각 많이 했어.

지연   좋아, 그럼 니 오빠는? 니 오빠가 알아도 돼? 오빠 친구들이 오빨 뭐라 그러겠어?

소영   … 나는 나구 오빠는 오빠야.

은영   우리가 안 하면 우린 래경 언니를 두 번 세 번 계속 죽이게 돼.

지연   피해 받은 건 나야. 니들은 개고기랑 아무 짓 안했잖아. 난 언니랑 같이…

소영   뭐래, 병원에선? 솔직하게 말해봐.

지연   지금은 별 이상 없대. 하지만 그게 금방 증세가 나타나는 게 아냐.

은영   내가 그랬잖아. 언니는…

지연   말들은 쉽지. 내 입장이 돼 봐.

은영   (내밀며) 이건 언니를 위해서가 아냐. 내 하나밖에 없는 친구인 널 위해 부탁하는 거야.

지연   야 씨발, 넌 집에 엄마가 아니까 경찰서든 어디든 쉽겠지. 좆도 돌아갈 가족들도 있으니까. 씨발, 우린 어느 세월에

미장원 열고 어느 세월에 웃가게 하냐? 씨발 아니 당장 어
딜 가서 살어?

은영 소영인 오빠한테, 넌 우리 집에 가.

지연 미쳤냐? 내가 눈칫밥 먹고 살게? 아 씨발 내가 괜히 왔지.
그냥 뜨는 건데.

은영 지연아…

지연 한 번만 더 들이밀면 찢어발긴다. 친한 척 주둥아리 놀리
다간 죽통 180도 돌아간다. 나 뚜껑 확 돌기 직전이다. 씨
발, 받아 적어.

나는 죄 지은 적 없습니다. 나는 사람을 찾고 있습니다.

그 사람은 서울 와서 맨 처음 나를 건드린 새낍니다.

그 새낀 언젠가 잡습니다. 입 냄새가 지독하니까요.

몇 년이 지났지만 아직도 그 골패는 입 냄새가 풍깁니다.

또 하나 그 새끼가 해준 소중한 충고를 되돌려주고 싶습
니다.

생리를 하게 되면 솜으로 틀어 막어라. 그리구 손님만 받
으면 돼.

나는 시키는 대로 했습니다. 이 속이 시커멓게 썩어가는
데도

나는 열심히 미친년처럼 손님을 받았습니다.

비만 오면 그 새끼가 그리워서 미치겠습니다.

여기서 그 썩은 이빨 냄새가 박혀 있습니다.

나는 쌍년입니다.

왜냐하면… 왜냐하면 …

산 그림자마저 어두워진다.

소영   (애써) 벌써 어두워지네…

천천히 암전.

5.

다음날 초저녁.

다시 무대는 실내가 보인다. 불 들어오면,

윤미   (창문을 한참 만진다)

소영   (립스틱과 파운데이션에서 이름표를 뗀다)

승길   (멀끔히 쳐다본다)

윤미   나 좀 도와줘.

승길   응. 고장 났어?

윤미   어젯밤에 여관집 주인이 이래 놓구 갔어. 차 훔친 사람 나
　　　　오라면서. 반쯤 넘어오는 걸 막 꼬집었다니까. 지금쯤 얼
　　　　굴이 벌집이 되어 있을 걸.

승길   그래서?

윤미   그런 사람 없다 그랬지.

승길   너두 참…

소영   래경 언니는 아닐 거야… 그냥 잠깐 어디 나간 걸 거야.

승길   벌써 하루가 지났는데… 참 그러네.

윤미   안 도와줄 거야?

승길, 창문을 다시 끼운다.

윤미	창문이 열려서 그런가? 쌀쌀해지네.
소영	보일라 좀 올릴까요?
윤미	아뇨. 근데 뭐하는 거야?
소영	가게에 있으면 화장품 팔러 오는 사람이 정해져 있어요. 주인들 친척이거나 다 그래요. 봐요, 다 똑같아요. 그래서 이름표를 붙여야 되거든요. 그거 다 떼는 거예요.

사이.

윤미	나 이거 발라 봐도 돼?
소영	예.
승길	안 추워요? 옷 좀 따뜻하게 입지 그래요?
소영	추운데요, 그냥 답답해서요. 답답한 것보다 이러는 게 숨통이 트여서요.
승길	(사진을 건네며) 이거, 사진 나왔어요.

이때 전화벨.
다들 놀란다.

승길	여보세요? 여보세요?
소영	우리 전화 아네요.
승길	(자기네 무선 전화를 집어든다) 여보세요?… 아, 예 맞는데요… 예?… 네… 예. 아, 금방 가겠습니다. (끊는다) 빨리 옷 입고

나랑 가.

윤미 어딜?

승길 래경씨가… 지금 파출소에 있대. 차를 몰고 왔다 갔다 하
      다가 붙잡혔나봐.

둘 네?

소영 어마, 어떡해?

승길 뭐, 훔친 게 아니니까 괜찮을 거야.

소영 이거 입고 가세요.

둘 나간다.

지연 (커튼 뒤에서 목소리) 다 갔어? 쪽팔려서 나가지도 못했네.

소영 래경 언니 들었어?

지연 나는 모르겠다. (짐을 싸들고 나온다)

은영 그건 뭐야?

지연 (업소용 흰 드레스를 마저 구겨 넣으며) 래경 언니 거.

소영 그건 왜?

지연 그냥 기념으로… 여기선 필요 없잖아.

은영 버려.

지연 이게 한 벌에 얼만지 몰라서 그래? 이백 만 원이 넘어.

소영 무슨 소리야? 나 살 땐 삼백인데. 정말 세대 차이 나네.

은영 정말 갈 거야?

지연 자리 잡으면 연락할게.

소영 … 언니… 가지 마…

지연 나 간다.

소영 잠깐 이거 갖구 가. 언니 사진.

지연 늬들 가져. (벽에 붙은 브로마이드) 저건 떼서 진구 줘. 참, (보
건증) 이거 언니 거. 나 무지 불편했는데 늬들 땜에 정말 참
구 안 봤다. 건전하게 살아라. (나간다)

은영 …

소영 뭐야, 정말 가버렸네. (휙 돌아보며) 정말 갔나?

사이.

소영 (사진) 다들 빈티 나게 나왔네. 표정들이 다 휑해. (두 장을 이
어 붙여 보이며) … 그래두 언니… 이렇게 붙이니까 대화 하
는 거 같다, 그지? 덜 쓸쓸해 보이구.

은영 응.

소영 언니, 춥지? 보일라 높이고 올게. (방으로 들어간다)

은영 (끄덕. 노트를 꺼내 살핀다)

소영 이상하네? 보일라도 불 안 들어오고 오디오도 꺼졌어. (벽
에 전등 스위치를 켰다 껐다) 정전인가?

은영 가자. 언니한테 가자. … 있잖아 우리 언니랑 셋이서 다 같
이 살까?

소영 내 말이. 근데 어디서?

사이.

은영　주택가 말고 차라리 시내 같은 데서.

소영　언니, 이 담에… 내가 연락해도 돼?

사이.

소영　내가 제일 무서운 게 그건데. 아무도 내 전화 안 받는 거.

은영　미용실 꼭 갈게.

소영　(초를 켜며) 절에서 산 건데. 촛불 이거 있잖아, 계속 보고 있
　　　으면 계속 타들어 간다. 마음이 가벼워져.

은영　진구도 한 번 찾아 가자.

소영　갑자기 걔는 왜? 언니, 나 추워. 정말 삼촌은 너무해.

은영　이젠 삼촌은 안 와도 돼.

소영　물도 안 나오고, 불도 안 켜지고, 화장실도 없고.

이때 쪽문을 두드리는 소리, 이윽고 발로 차는 소리.

소영　누, 누구세…

은영, 입을 막는다. 촛불을 끈다.

사내1　(목소리) 내가 책임질 테니까, 발로 부셔.

문이 열림과 동시에 쏟아지는 플래시 불빛.

사내2   (들어와 플래시를 비치며 쪽문을 연다 쏟아지는 불빛들) 그래 입 닥
        치고들 얌전하게 있어라. 금방 끝내줄 테니까.

사내1   일단, 짐들 뒤져서 전부 회관으로 옮겨.

둘, 껴안고 벌벌 떨고 있다.

사내3   근데 우리가 이래도 돼요?

사내2   야 임마 사람한테는 책임이라는 게 있어. 쟤네들도 지들
        이 한 거에 대한 책임이 있고 우리도 쟤네들이 왜 그러는
        지 알아야할 책임이 있고 너 회의할 때 뭐했냐? 나는 있지
        여기 사는 두 연놈이 더 수상해.

사내3   무슨 책임요?

사내2   사람은 자기 행동에 다 책임이 있다니까, 인마.

사내1   너 구라 많이 늘었다.

소영   … 우리가 갈게요… 그러지 마세요… 우리 갈 거예요…

누군가 은영의 손에서 노트를 뺏다가 찢어진다.
커튼들이 함부로 휘날린다. 잠시 후 소요 어둠 속으로 사라진다.

소영   커튼이 다 찢어졌어.

은영   … 소영아, 주사약 남은 거 있니?

소영	(고개는 내젓지만) … 조금.
은영	나 좀 줘.
소영	(자기 자리의 커튼 뒤로 가며) 마룻바닥 밑에.

이때 진구가 창가를 지나 쪽문으로 들어온다.

그는 안개 속을 더듬는 듯하다. 손에는 검정 비닐을 들고 있다.

둘, 커튼 뒤에서 뒤로 쫙 뻗는다. 맥없이 웃는 입에 거품이 일고
사지는 가는 경련이 인다.

은영	우리가… 범죄자라면… 피해자가 있어야지… 그럼 우린 범죄자야…
소영	… 왜?… 누가 그랬대?… 피해 본 사람 있어?
은영	… 너, 나, 그리고 언니, 지연이… 우리가 아는 모든 여자들…
소영	(진구에게, 목이 세는 소리로) 가 -, 가 -, 여긴 왜 왔어? 내 말 안 들려? (일어나 진구를 민다. 손에서 검정 봉지가 틀어지며 쌀이 흐른다)
진구	(꿈속에서 빠져나가듯 나간다)
소영	왜 그런 말을 했어, 왜?… 도와드릴까요 누나? 처음 했던 그 말… 왜 그랬어?
승길	(들어오며) 무슨 일이에요? 은영씨, 은영씨 날 똑바로 쳐다봐요. (은영을 자신의 무릎에 기대게 일으킨다)

은영　… 오빠, 왔어? 언니는요… 다친 덴 없구요?

승길　거기서 바로 집으로 갈 거예요. 괜찮아요?

은영　머리가 뜨거워요. 근데 몸은 추워요. 몸이 말을 듣지 않아. 이렇게 떠들어 대는데 머릿속에는 전혀 다른 생각을 하고 있어요. 어딘지는 모르지만 돌아가고 싶어, 좀 더 따뜻한 곳으로.

이때 커다란 나뭇가지가 짓누르듯 실내를 덮는다.

승길　그럴 수 있어요.

은영　제 머릿속을 들여다보세요.

소영　… 나… 배고파…

은영　제 머릿속이 보여요?

승길　예.

은영　정말 보여요?

승길　예.

은영　(킬킬대며) 보여요?

승길　…

소영　… 나, 어디 갈 차례야…?

은영　자, 보여줄 게요.

커튼이 환각처럼 열리며 집창촌 옷을 입은 지연, 래경 보인다.
소영은 비틀대고 은영은 기대 누운 채 낄낄 댄다.

지연   아저씨.

래경   놀다가세요.

천천히 암전.

막.

한국 희곡 명작선 110

지상의 모든 밤들

초판 1쇄 인쇄일   2022년 11월 1일
초판 1쇄 발행일   2022년 11월 7일

지 은 이   김낙형
만 든 이   이정옥
만 든 곳   평민사
          서울시 은평구 수색로 340 〈202호〉
          전화 : 02) 375-8571 / 팩스 : 02) 375-8573
          http://blog.naver.com/pyung1976
          이메일   pyung1976@naver.com
등록번호   25100-2015-000102호
ISBN   978-89-7115-050-4   04800
          978-89-7115-663-6   (set)
정   가   9,000원

이 책은 사단법인 한국극작가협회가 한국문화예술위원회의 2022년 제5회 극작엑스포
지원금을 받아 출간하였습니다.